KILLER HUNTER

KILLER HUNTER

KILLER HUNTER

KILLER HUNTER

KILLER HUNTER

04

KILLER HUNTER
殺手獵人

CASE FOUR 殺意

星爵——著

序　嗨！主線回來了！

如題，會拿到這本的各位，一定都看過第三集了吧！其實想想，當初也只是個突發奇想，就想單獨寫一本來解釋一下一、二集的伏筆，所以才把第三集設定成前傳的單獨故事。

加上龍顯和鬼塚這兩個人的硬漢性格，一直深受我本人的喜愛，於是我實在沒辦法不幫他們再加長一點故事，畢竟他們在主線裡都死了，不把時間點往前寫，我就只能讓 KH 去找大蛇丸學習穢土轉生，或是去蒐集七龍珠了。

鬼塚的外傳故事的梗，是我第二集在他獨自看著莉莉絲的照片時，就埋下了，進而催生了這個角色故事，鬼塚強悍且溫柔的個性，使我很喜歡這個我創造出來的角色，以後可能會把他抽出來再寫成一本獨立故事。

而龍顯嘛……對於警察，我一直都有相當程度的意見，在這裡不方便多說，但是，對於這類型的熱血刑警，我也一直都懷抱著憧憬，為了正義不顧一切、拚上性命，每每都讓我感到動容。

但也是這種警察，看上去就是特別短命，因為樹立的敵人太多、要命的危機也太多，第一集的時候讓大家誤會他是個混進警界的殺手，第三集算是幫他平反一下，順便為之後有可能出現的偵探懸疑系列小說鋪路，我是說有可能。

不知道大家感想如何，搞不好有人翻開一看到是前傳，讓心裡想看接下去劇情的心情落空，在背地裡狠狠的臭罵了我一頓。

不管怎麼說，我也是寫得很開心，創作就是這樣嘛！想到什麼寫什麼，大家就別太苛責了。

總而言之，這一集總算是讓主線回來了，以一客西餐來說，第一集是沙拉、第二集是前菜，意外出現的第三集，就是我這主廚奉送的招牌濃湯。

接下來的劇情，將進入白熱化，所有的戰鬥、陰謀，從第四集才真正開始，也就是主菜將要上桌了。

一客熱騰騰的牛排，蓋著蓋子，你們現在看到的，就是從蓋緣與鐵盤接觸的縫隙，冒出來的細細蒸氣，期待我將蓋子掀開那一刻，懾眼的白色熱氣之下，那煎得鮮嫩多汁，令人垂涎三尺的牛排吧！

各位，開動囉！

星爵

世界法則，真正的正義之章

1

紐約甘迺迪國際機場，東岸時間晚間十點鐘。

望月和子詔根據 Light 還有 F 所查出來的資料，兩人浩浩蕩蕩的來到美國。

下了飛機之後，憋了幾個小時沒有抽過菸的望月，也跑到了機場的吸菸室裡點了根香菸。

「KH 真的在這裡嗎？」子詔看著 Light 和 F 查出來的資料，厚厚的一疊白紙上印的是他們兩人動用所有情報網才查出來的資訊，極其詳盡，甚至連 KH 和 Sliver 在教堂那場戰鬥都有記錄下來。

真不愧是最佳的尋人偵探，在這世界上，恐怕沒有他們不知道的事吧？

子詔一面佩服著兩人，一面把資料給看了下去。

「連ICPO都信任他們了，我們沒有理由懷疑他們。」望月吸了一口香菸說：「畢竟它們是這方面的專家，靠這混飯吃的。」

「呵，說的也是。」子紹笑了笑，繼續埋頭在資料裡。

招了輛計程車，兩人坐著車來到下榻的飯店，下了車，望月卻沒有走向飯店門口，只是叫子紹先進去房間裡面，而他自己要先去別的地方。

「望月警官，你要去哪裡？」子紹問。

「我約了一個FBI探員要見面，我晚點就回去了。」說完望月拉起厚外套的衣領，撐起了傘，走進下雪的街頭。

「FBI……不知道望月警官還跟FBI的探員有聯繫啊……真了不起。」看著望月的背影，子紹打從心裡敬佩這個男人，或許自己真能跟他一起完成殲滅最大黑道組織的目標。

深夜的酒館裡喧囂不斷，音樂聲、人群喧譁聲，不時還可以聽到酒客喝醉的爭執，以及桌椅被掀翻的聲音。

而最角落的位置上，望月昌介叼著香菸，與一個坐在他對面的男人說話。

金髮男人穿著一件黑色西裝，看上去約有三十歲，但是一臉的老練和他雙眼下的深深眼袋，讓他看起來又老了幾分。

「說真的，不是我們不幫你這個忙，實在是你說的 KH 這個人……」坐在望月對面的 FBI 探員艾倫，面有難色的說。

「他怎麼樣？」望月吸了一口香菸，一臉嚴肅的看著眼前的艾倫。

「他並沒有在美國犯案，我們總部也沒有他的資料，這麼貿然的就叫我們去查這個人，長官可能不會下派人力給我，甚至他不會讓我接手這件事。」艾倫把望月交給他的資料給推了回去，然後拿起桌上的杯子，喝了一口啤酒。

「哼，好歹我在 ICPO 也幫過你們美國的警方一點忙，難道連這點面子都不願意賣給我？」望月把艾倫遞回來的資料往桌上一拍。

「你要清楚，我們跟美國警方是不同單位的，司法部說什麼，或是下派什麼命令，連我們長官都不一定要完全遵照指示做了，何況你的忙是幫在他們身上，而不是幫在我們身上。」

「那這個呢？」望月從外套口袋拿出一張摺起來的紙，遞給艾倫。

「這是？」艾倫把紙攤開，裡面的內容是影印下來的國際刑警組織犯罪資料。

「這個資料上面的劉凱浩，曾經在他還是殺手的時候，進入了美國境內殺了兩名富商、一名黑道份子，已經被美國警方通緝了五年。」望月說。

「你說曾經……」

「他現在的身分，也就是我所說的 Killer Hunter。」望月把香菸熄在菸灰缸裡，看著艾倫說：「這樣，足夠讓你們 FBI 派出人力追捕了嗎？」

「你這招，玩得很絕。」艾倫搖搖頭，笑了笑。

「絕招，總是要在最後才可以用出來的，誰叫你們 FBI 是出了名的難以說服的呢？」望月笑了笑。

「這個工作，我們 FBI 接了。」艾倫說。

「合作愉快。」望月起身握上了他的手，然後轉身離開了喧譁的酒館。

「望月警官，你回來啦？」坐在房間裡看著電視上搞笑節目的子紹停止了笑聲，轉了過來。

「嗯。」望月把厚外套掛在衣架上，走到房間小客廳的沙發上坐了下來，點起一根香菸。

「談判得怎麼樣了？」子紹關掉電視，坐到望月對面說。

「你說跟 FBI 探員嗎？」望月吸了口香菸，吐出一口白霧。「很順利，我看這下子 KH 是很難從美國逃走了。」他笑了一笑。

「真的？FBI 在美國有這麼大的影響力啊？」子紹驚呼。

「當然，他們在五大影響社會的方面享有最高優先權，分別是反暴行、毒品組織犯罪、外國反間諜活動、暴力犯罪和白領階層犯罪，重要的是……」望月吐了一口白煙，說：「他們行事作風非常非常的霸道，還有非常的自以為是。」

「霸道？自以為是？」子紹不解。

「霸道是因為他們以 FBI 總部的命令為最優先考量，甚至總統的命令他們也可以充耳不聞，但是他們的辦案方針又以美國的國民最為優先，所以外界對他們的臭名和尊敬持各半意見，只是大多數的臭名都是非美國的國家所傳出來的就是了。」

「那自以為是呢？」

「自以為是就是他們以為自己辦案素質最好、探員網路最大，以至於他們不喜歡接受其他人的意見，尤其是警察單位。」望月把香菸熄在菸灰缸裡。

「那他們怎麼會答應跟我們合作？」

「當然是有給他們一點甜頭囉！只要抓到 KH，他們就可以對全世界大肆宣揚功績，不過在這同時，也帶給我們這些追捕 KH 的警方獲得最大利益。」

「真是個互助互惠的好方法呢！」子紹讚嘆的看著望月說。

「嗯……」望月深深的吸了一口氣，閉上了眼睛，沉默了幾秒鐘之後，才對子紹說：「子紹你要記住，這世界上絕對不可以容忍那些黑暗勢力的存在，只要他們存在一天，這世界就永無安寧之日。」

「我明白。」子紹點點頭。

「嗯，你先休息吧！明早我們還要去蒐集情資，畢竟光靠FBI，而我們自己守株待兔是不對的。」說完望月起身走向洗手間，而子紹則是轉身跳上了床，就開始呼呼大睡。

深夜的曼哈頓區中央公園裡，靜得幾乎聽不到一點人聲。

一些些窸窣的聲響，則是幾名尋覓休憩地點的遊民，他們身上的那些破衣服、以及肩上揹著的破布袋的拖地聲。

他們一如往常的晃啊晃，尋找平時自己睡覺的「地盤」，而他們口中說的地盤，其實就只是公園裡的長椅罷了。

「喂！這是我的位置耶！混蛋！」一名約四十歲，蓬頭垢面的男性遊民走向他平時睡覺的地方，赫然發現有四個人坐在他的位置上，他生氣的拖著破布袋跑了過去，抓住了坐在長椅最左邊、穿著連帽外套的少年肩膀破口大罵。

「What？」被抓住肩膀的風宇拿下塞在耳朵上的耳機，看了他一眼。

「我說……」才說到一半，風宇就緊張的伸出左手擋住他的嘴巴，然後把右手食指伸到兩嘴唇之中，發出了「噓」的聲音。

無奈的搖搖頭，風宇從外套口袋裡掏出一疊美鈔，遞給他之後，便揮手叫他離開。

遊民一開始看到風宇這麼大方，先是一驚，接著很快的把風宇手中的鈔票搶了過來，塞進自己破破爛爛的褲子口袋裡。

「真是謝謝你的慷慨，不過你還是要滾！」遊民抬高了頭大吼：「這裡是我的位置！」

「無賴……」風宇白了他一眼，緩緩的從另一邊的口袋裡，拿出一把左輪手槍，看著他說：「滾蛋或中彈。」

一看到風宇連手槍都掏出來了，欺善怕惡的遊民也只好摸摸鼻子離去，畢竟有拿到錢就不錯了，他可不想因為硬搶睡覺的地方而吃子彈。

走了幾步遠之後的遊民，把手伸進口袋裡，拿出剛剛風宇給他的美鈔，數了數，竟然有兩百美元之多。

「好多錢！」遊民吹著口哨，看來今晚可以找個飯店好好睡一覺了，說不定還有身材美妙的妙齡女子可看，也不用在公園裡頂著寒冬，還要看著肥不隆咚的其他女遊民入眠。

2

白雪紛飛，積得風宇肩膀上都是一層厚厚的雪，他轉頭看了看把頭靠在自己肩膀上，被餵了安眠藥、睡得很安穩的Angel的全身都快被雪給蓋住了，他連忙幫她把身上的雪拍掉。

「到底是講完了沒啊……」把手放回口袋取暖，風宇望向坐在長椅右邊的KH和紅蓮兩人，脖子脫力的往下墜，無奈的低了頭。

「你可能會死。」紅蓮已經紅了眼眶，就在KH已經決定要去見X夫人的時候。

「如果能讓妳離開這個複雜的黑暗世界，就算我早一點去見妳哥，也好對他有個交代。」吸了一口香菸，KH 把菸蒂丟在地上踩熄。

紅蓮怔怔的看著坐在自己旁邊的 KH，到底是怎麼樣的感情，足以讓一個人為自己朋友的妹妹做這麼大的犧牲，連失去生命都在所不惜。

「我最快什麼時候可以去見她？」KH 說。

「這……」紅蓮說不出話來，雖然 X 夫人早已對她提出，要跟 KH 合作的事情，但是事情發生得這麼突然，她一時還沒有最佳安排。

「現在。」一個人影從兩人所坐的長椅不遠處走了過來，手上拿著細長菸斗，富有貴婦氣質的優雅女人，對他們笑著。

「Madam!」紅蓮大驚，但一旁的 KH 卻站起身來，把手插進大衣口袋裡面，微笑的看著 X 夫人。

「比我想像中的年輕多了，也帥多了。」X 夫人把細菸斗拿到嘴邊，吸了一口。

「怎麼，你以為殺手獵人是老頭子嗎？」KH 點了一根香菸。

「我覺得應該是個從美國野戰部隊退休的中年硬漢呢！」X 夫人笑了笑。

「不好意思讓妳失望了。」

火。

「不會。」

天空上，雪繼續下著，但寒冷的霜雪，卻冰凍不了兩人雙眼裡正在燃燒的熊熊烈火。

四人隨著X夫人回到紐約市區，雖然背上揹著的Angel很重，不過一想到不用繼續待在那冷得要死的公園裡，風宇心情馬上好了起來。

X夫人和KH走在一起，一路上兩人沒有互相和對方說過一句話，只是這樣靜靜的走著，不過兩人那極富衝突的氣息，已經足以讓走在他們身後的紅蓮清楚的感覺到了。

其實兩個人都在觀察，X夫人在觀察KH，KH也在觀察X夫人，兩人心裡都在確認對方的氣息，但說穿了只是他們身為殺手的本能動作。

踏著積雪，所有人來到一棟大樓門前，門內有兩個穿著黑色雪大衣的女人站著，一見到X夫人，馬上恭敬的敬了個禮。

X夫人只是點了點頭，就帶著他們來到電梯前：「跟我一起到樓上吧。」

「裡面好溫暖喔！要是讓我繼續待在外面我可能會凍死。」進到電梯裡之後，風宇拍了拍身上的雪，轉過去對X夫人說：「不過我覺得很不高興。」

「不高興？」X夫人不解。

「都是因為妳不早點來，害我給那個遊民這麼多錢！」風宇不悅的說。

「給遊民錢？什麼意思？」聽到他這麼沒頭沒腦的說出的話，X夫人一句都聽不懂。

「就是啊……」風宇把Angel放了下來，開始對X夫人抱怨剛才在公園發生的事，當然沒有放過最重點的部分。

「兩百元？你還滿闊氣的嘛！」X夫人笑了出來。

「所以我說嘛！妳早點來的話，我們就不用待在冷冰冰的公園裡這麼久，也不用給遊民錢，妳說是不是妳害的啊？」

風宇才剛說完，後腦馬上一陣痛，隨即是KH報以兇狠的眼光：「你不講話沒人當你是啞巴。」

「欸！我是說真的耶！」風宇抓著後腦大叫，接著又被KH打了一拳，痛得蹲在地上。

看到這情形的X夫人笑著搖搖頭，但是紅蓮依舊緊張得不發一語。

「好，等等我就賠給你兩千塊，怎麼樣？」X夫人說。

聽到兩千塊，風宇的眼睛馬上就亮了起來，連忙站了起來，對X夫人說：「妳說的喔！不可以反悔！」

「我說過的話從不反悔。」X夫人吸了一口細菸斗。

「拜託……」KH搖了搖頭。

「全部人都離開，我要跟他單獨談話。」回到X夫人組織的根據地，X夫人吆喝待在那邊的其他殺手離開，接著，她轉身朝向跟在後方的風宇還有紅蓮說：「你可以帶Angel進去樓上房間休息，Mary妳現在離開。」

「Madam，這……」紅蓮有些猶豫。

「Mary，妳知道我事情不喜歡講第二次。」X夫人淩厲的眼神瞪著紅蓮，她只好低著頭，轉身離開。

「這邊請。」X夫人領著KH走向大廳。

「有必要為了我，對妳旗下的殺手這麼兇嗎？」坐在大廳的沙發上，KH以輕鬆的姿態坐著，並點了根香菸。

「如果小小的惡言可以換來更大的利益，以及免於我的組織覆亡的危機，你說，值不值得？」

「看來妳早就知道，遇見我之後，最好的處理方式了。」KH吸了一口香菸說。

「如果不懂得化危機為轉機，我麾下的『X夫人』，也沒有資格稱為世界三大殺手集團之一了，不是嗎？」X夫人拿起桌上的火柴，點燃了菸斗裡的菸草，微微的薄荷味蔓延開來。

「也是。」KH彈了菸灰在菸灰缸裡。「不過，不知道妳可以提出來的條件夠不夠優渥？畢竟我幫妳做事這件事傳到老頭耳朵裡，可是一點都不好呢！」他笑了笑。

「我知道你要Mary，我交給你。而你只要答應不許對我旗下任何一個殺手下手，永遠。」

「果然是快人快語。」KH望向X夫人的臉，絲毫不意外自己來美國的目的被她所發現。

X夫人吸了一口菸斗，吐出了白霧，對正在看著自己的KH接下去說：「只是，我還有一件事情要拜託你。」

「什麼？」沒料到X夫人還會提出第二個要求，KH稍微驚訝了一下。

「我要請你幫我對付 Ruse。」

KH 聽到先是一驚，然後哈哈的笑了出來。

「笑什麼呢？」X夫人問。

「妳在開玩笑吧？雖然我也很恨那個臭老頭，也隨時隨地想要一槍轟爆他那顆卑鄙的腦袋。」KH 把香菸熄在菸灰缸裡，站了起來，說：「但是我沒有笨到做出那種影響三大勢力平衡的蠢事，畢竟我跟妳可一點都不熟，要我倒戈？天曉得妳在我殺掉那個老頭之後，會在我身上掛上什麼罪名。」

「你寧願一直幫他做事？」X夫人吸了一口菸斗，微微笑著。

「用不著妳管。」KH 說：「第一個條件我答應，第二個……除非那老頭真正得罪了我，不然不可能。」

KH 雙手插進了口袋，轉身就要離開，這時有人從樓上叫住了他，他回頭一看，風宇正笑嘻嘻的站在二樓，雙手放在樓梯扶手上且托著腮直盯著他看。

「你是不是忘了我的存在啊？」風宇沒好氣的抱怨。

「呵，抱歉，我們走吧！待在這烏煙瘴氣的地方讓我覺得很不舒服。」KH 對風宇招了招手。

「不行唷！有人想見你呢！」風宇在二樓大喊。

KH疑惑的看著他，接著眼神移向坐在大廳沙發上，始終維持一貫神秘笑臉的X夫人。

「她早就見過我了！你眼睛瞎啦？」KH指著X夫人說。

「不是她，是他！」風宇把頭向後轉，慢慢的，他身後的走廊走出了一個男人，身穿純白大衣，擁有著像冰一樣的氣息的男人。

「King？」KH嚇得差點沒有因為腿軟而跌倒。

King沒有說話，而他身上那一如往常的冷冽氣息，讓在場的所有人一度都誤以為窗戶忘了關上。

揹著背包的風宇搶在King的前面跑下樓梯，而King則是用著不快不慢的速度，有規律的一步一步從樓梯上走了下來。

「你不是死了？怎麼會？」說完這句話，KH努力回想Ruse那天報給他King的死訊時所講的話，難道說……

「那是一場騙局。」King走到樓梯最底端的時候，開了口。

「騙局？為什麼？」KH不解為什麼King要刻意的弄出一個假的死亡訊息出來，畢竟他的存在根本就不被世人所知道。

「因為要保命。」King說。

「保命？但是怎麼可能騙過那個臭老頭，他的情報網可是——」

「因為！」風宇打斷了KH的話，說：「Ruse手中King的資料，也是我在蒐集的！」

「什麼？」KH大吃一驚。

「就是這麼回事。」King說，逕自到沙發上坐下。

「你最好給我說清楚你們在玩什麼把戲。」KH追著King到大廳的沙發上，揪住他的領子說。

「別這麼粗魯。」風宇走了過去，把KH揪在King領子上的手拿開，然後抓著KH到旁邊的沙發上坐下。

「放手！」KH被迫壓著坐下之後，甩開風宇的手，看著King。「為什麼要騙那個老頭？」

「因為他想要我的命。」King說。

「為什麼？」

「你現在沒有必要知道這麼多。」King望著KH說。

難道是跟叔叔有關？如果是跟叔叔有關，King 絕對會像上次那樣不會對自己透露半句。

雖然知道可能問不出什麼結果，但 KH 還是想要試一試。

「是不是——」

「不過我倒是可以給你一個對付 Ruse 的好理由。」King 打斷了 KH 要問的話。

「什麼理由？」KH 心裡明白，King 不想再繼續討論，叫風宇造假資料去騙 Ruse 的這件事情，因為他所說的那一句「現在沒有必要」，表示他總有一天一定會全盤托出事情真相，包括叔叔可能還活著這件事。

沒有必要急躁，更何況自己的身分本來就必須與急躁絕緣。

「Ruse 把萬相抓走了。」King 冷靜的說。

KH 瞪大了眼睛不敢相信 King 所說的，他轉頭望向風宇，風宇笑了笑說：「這是我查到的。」

突然，一股怒火從 KH 的心底深處強烈的蔓延了開來，他緊握住了拳頭，殺氣迸然。

「這下他可是真的得罪你了吧？」一段時間沒有發言的 X 夫人說，並吸了一口菸斗，吐出濃濃的白霧。

3

紅蓮一個人坐在路旁的巷子裡抽著香菸，她很想知道房子裡發生的事，以及X夫人到底要跟KH說什麼？自己到底有沒有機會像KH口中所說的一樣，離開殺手界這個圈圈，回到平常人的生活？

想著想著，菸已經不知不覺的抽了好幾根，當她把手中即將燒盡的香菸，彈向前面的牆壁時，右臉頰突然來的一股暖意，讓她驚得跳了起來。

「怎麼啦？Mary？」一個穿著大雪衣的女子將手中的熱咖啡遞給了她。

「原來是妳啊！Lily，嚇我一大跳。」紅蓮接過咖啡，喝了一口。

在X夫人組織裡的女殺手，大多都不喜歡講話，除了在出任務時甜言蜜語誘惑男人，引誘他們進到自己的甜蜜陷阱之外，大家平常在總部裡面，甚至連看都不會看對方一眼。

除了現在這個坐在自己身旁的Lily之外。

代號「莉莉絲」的她，在總部異常的多話，雖然其他人都不太搭理她，不過她還是繼續跟他們有一搭沒一搭的聊著。

可能是她很寂寞吧！紅蓮心裡這麼想著，於是有一天，在 Lily 一如往常的受盡所有人的冷漠，回到大廳沙發上坐著發呆時，紅蓮主動過去和她說話。

「要來杯熱咖啡嗎？」紅蓮記得他主動和 Lily 說的這第一句話。

就這樣，兩人漸漸變成無話不談的好朋友。

「常常看到妳在總部啊！妳沒有出任務嗎？」一天，兩人在麥當勞吃飯的時候，紅蓮好奇的問她。

「我的任務比較不一樣，最近剛好可以休息。」Lily 咬了一口薯條。

「怎麼個不一樣法？」

「妳可以當我是一個臥底，不過最近我要臥底的老闆不知道跑哪去了，只留下一張字條說他兩年後才會回來，所以我就回組織啦！」Lily 把剩下一半的薯條塞進嘴裡，擦了擦手。「反正我也沒有其他地方可去了。」

「這樣喔……」紅蓮繼續啃著漢堡。

和 Lily 坐在巷子裡的紅蓮又點起了香菸，而不知不覺中，Lily 遞給她的熱咖啡也慢慢的涼了。

「剛剛沒有注意看大廳裡有誰，原來妳在裡面啊？」紅蓮說。

「對啊！天氣冷死了，我剛剛蹲在火爐邊烤火。」

「妳幾個月前不就又跑回去臥底了嗎？怎麼又跑回來了？」

「哦！我老闆他現在待在拉斯維加斯那邊，他說他要自己安靜個幾個月，所以我就又跑回來啦！沒辦法，誰叫在組織裡，只有妳能夠陪我聊天呢？」Lily 笑了笑。

「呵，之前是兩年，現在又是幾個月，妳的工作可真輕鬆。」紅蓮又吸了一口香菸。

「還好啦！真正忙起來可累人了。對了，剛剛那個人是 KH 吧？穿著黑色大衣那個。」Lily 問。

「對。嗯？妳怎麼會知道？」紅蓮疑惑的看著她。

「上次他有去拉斯維加斯找我老闆，見過那麼一次。」

「他跟妳老闆也有關係啊？」

「我也不太清楚。老闆很多事情都不會說給我聽，不過我只是去那邊臥底的啦！很多事情也不用問得太過，反而會被懷疑。」

「呵，我很好奇耶！Madam 到底要妳去那邊臥底幹什麼啊？不會只是去當保母吧？」紅蓮做出手上抱著嬰兒搖啊搖的動作說。

「我也不清楚，Madam 只會叫我把在那邊發生的事告訴她……反正我們當殺手的就是聽命行事、拿錢辦事，其他事情問太多反而不好嘛！對吧！」Lily 用手肘輕輕的推了一下紅蓮的手臂。

「也是，就像現在我也很想知道裡面發生了什麼事情一樣。」紅蓮用下巴點了一下在她身後的窗戶。

「我也很想知道耶……不如我們去偷聽？」說著 Lily 就爬到窗戶邊探頭一看，這時屋裡的 KH 剛剛好轉向窗戶，看見正在偷看的她。

「嗯？」坐在沙發上的 KH 彈了起來，Lily 趕快把頭縮回去，拉著紅蓮趕快溜走。

「發生什麼事啊？」被 Lily 拉著跑的紅蓮，連放在地上還沒喝完的咖啡都還來不及拿。

「逃命去囉！」Lily 笑著說。

「怎麼了？」X 夫人看著突然彈站起來的 KH 說。

「我剛剛好像看到……」KH 想著剛剛在窗戶邊看到的那張臉，錯不了，一定是在路西法身邊的那個女人。

「看到什麼？」風宇喝了一口鋁罐裝的可口可樂。

「我出去一下。」KH抓起掛在沙發椅背上的大衣，朝門口衝了過去。

被他這突如其來的動作搞得不知所措的X夫人還有風宇，兩人面面相覷的對看著，只有King還是悠閒的繼續喝著手中的咖啡。

杯緣離開了嘴唇，King看了看KH沒關好的門，搖搖頭，發出了輕微的笑聲。

「奇怪……」跑到巷子裡沒看到半個人影的KH，疑惑的抓了抓頭，接著他的視線不經意的飄向地上的一大堆菸蒂，還有兩杯放在地上，還沒有喝完的星巴克外帶咖啡杯。

「是紅蓮……怎麼會跟那個女人在一起？」KH蹲了下來，看著地上的菸蒂說。

「回來了。」風宇看著把門打開走進來的KH說。

「怎麼啦？」X夫人問。

KH拍了拍肩膀上的微微融雪，走向大廳的沙發坐了下來，點了根香菸說：「你們知不知道一個叫莉莉絲的女人？」

「莉莉絲？是聖經裡面所講到的黑暗女王嗎？」風宇問。

「才不是！別亂猜！」KH白了風宇一眼。

「你說的是那個傳說中的犯罪天才，路西法身邊的那個女人吧。」King 看著 KH 說。

「那個裝模作樣的有錢少爺是不是犯罪天才我不知道，不過我剛剛在那個窗戶外看到她了，那個叫做莉莉絲的女人。」KH 指著他前面的窗戶。

「真的？」King 問。

「啊！我想起來了！莉莉絲她是X夫人的……」風宇像是想起什麼的樣子，想要插上一句。

「有什麼奇怪的，她是我麾下的殺手之一。」X夫人吸了一口菸斗。

「妳麾下的殺手？那為什麼會在那個裝模作樣的有錢少爺身邊？」KH 不解的問。

「因為啊！她是被派——」風宇舉起了手又想講上一句。

「臥底，她是我派去路西法身邊的臥底。」X夫人又打斷了風宇的話。

「為什麼？殺手被派去當臥底，太奇怪了吧？」

「這……」X夫人看了風宇一眼。

只見風宇笑了笑，對X夫人聳了聳肩說：「雖然這問題我很想回答，但是我真的不知道囉。」

「既然沒有人知道，那就不必麻煩夫人說明了，畢竟我們今天的重點不在這裡。」King放下了咖啡的杯子，看著X夫人。

「有道理。」X夫人說。

「也對。」風宇說。

「好吧……」KH無奈的又吸了一口香菸。

「好，現在我們的計畫就是：第一，充分利用風宇所蒐集來的情報，隨時注意他們的行動，好臨時隨機應變。第二，監視行動由我來負責，一發現有什麼異動，我會通知大家。第三，由X夫人派遣麾下殺手以及組織勢力，徹底封鎖Ruse可能的所有支援行動。最後，就由KH你，潛入那邊把萬相救出來。」King看著KH說。

「就這樣？那麼那個臭老頭呢？」KH問。

「活捉他，或是一槍解決他，隨你便。」King說。

「了解。」KH點了點頭，握緊了口袋裡的沙漠之鷹。

「還有什麼問題嗎？」King看著大家。

「沒有！」風宇大喊。

X夫人吸了一口菸斗，搖了搖頭。

「好，就這麼決定了，記得保持聯絡。」King 站起身，戴上了一頂白色扁帽，走向門口。

「等一下！等一下！」就在 King 轉開門把要走出去時，風宇叫住了他，並跑到他身旁。

「怎麼了？」King 問。

「你好酷啊！你會不會笑？笑一下給我看看嘛！」風宇雙手手掌在 King 面前揮啊揮的。

「你真的如同傳說中的一樣囉唆又擾人呢！偵探 Michael Holmes？」不理會風宇繼續揮來揮去的手，King 拉起白色大衣的衣領，漸漸沒入在下著雪的深夜街道中。

4

兩天後，美國華盛頓特區，美國聯邦調查局 FBI 總部。

「根據那個日本的國際刑警，望月昌介所說的，這個叫做 Killer Hunter 的國際殺人犯 KH，現在正在美國境內是嗎？」FBI 最高長官看了看艾倫從望月手中拿到的資料，然後放在辦公桌上。

「是的，長官。」艾倫說。

「嗯……」大衛搓了搓下巴，沉思了一會兒。

「長官在猶豫什麼嗎？」

「我很好奇你怎麼會被說服的，這個交易對我們一點好處都沒有。」大衛點起了雪茄，吸了一口。「難道你不知道嗎？」

「正好相反，長官。」艾倫微笑的說。

大衛眼睛一亮，把雪茄從嘴邊拿了下來，對他說：「那你說說看。」

「既然 KH 對他們這麼重要，我想他殺的人一定不少，於是我花了點時間去查他的檔案，發現了一件很有趣的事。」艾倫從公事包裡拿出厚厚一疊影印紙，放在大衛的辦公桌上。

「這是……」大衛看傻了眼。

「劉凱浩，七年前出道，殺手代號『凱薩』，擔任殺手的兩年餘，期間曾潛入許多國家，殺了各國的高官、富商，及許多黑道份子，而且不管什麼年齡層的人都殺過，包括剛出生的嬰孩……高達百餘人。」艾倫向大衛報告著。

「誇張且冷血的殺手，而且還是Ruse那個老頭麾下的人。」大衛看著被KH還在擔任殺手時所殺掉的死亡名單，搖著頭，吸了一口雪茄。

「以上是由望月昌介警官所提供的，國際刑警組織內部的情資；至於接下來我要給長官看的，兩年後的情報，則是由望月昌介在日本、台灣兩地負責追捕KH時所蒐集來的資料。」艾倫又遞了一疊資料給大衛。

「照你這麼說來，這個KH就是當初的劉凱浩？」大衛接過資料問。

「沒錯，兩年後轉變成殺手天敵Killer Hunter出現的劉凱浩，開始以殺手為主要目標展開另一場殺戮戰爭，據情資顯示，已經有各國的百餘名殺手死在他的手下，實質的恐怖殺人惡魔。」

「挑戰全世界黑暗裡的殺人專家啊……這個KH很有意思。」大衛微笑。

「如果可以活捉他，我們FBI一定能壓倒那些不聽話、只會暗地詆毀我們的其他國家調查局，還有老是跟我們作對的CIA。」

「沒錯，而且說不定還可以藉KH之手，一舉消滅可恨的殺手組織，那個由一群娘子軍所組成的X夫人。」

「長官果然想得很遠。」艾倫拍著馬屁。

「當然，不然這最高長官的位置怎麼會是我在坐呢？」大衛抽了一口雪茄，嘴角上揚。

在大衛的號令之下，加上艾倫總計二十名的資深探員開始展開行動，負責在全美各地搜尋 KH 的下落。

艾倫被派遣到紐約市，除了搜查之外，其餘的時間就到飯店裡與望月和子紹兩人討論搜查方針。

「終於肯行動啦？」望月嘲諷道。

「你少挖苦我了，你都不知道我說服長官有多麻煩，你也知道這本來就不是我們份內的工作。」艾倫喝了一口咖啡。

「不過，只要先把 KH 的事情浮上檯面，再佯裝大舉搜查，這不正是對你們自己做好正面廣告的最佳機會嗎？」望月吸了一口香菸。

「是這樣沒錯，而且這樣一個小人物還不是我們的對手。」艾倫說。

「而且跟我接洽最好的好處就是，你可以獲得我對 KH 所了解的一切，說不定還能讓你第一個抓到他，這樣你想升遷不就容易多了嗎？」

「哦？我還以為你想跟我們搶功勞，看誰能第一個抓到他呢！」

「抓到他？當然是誰抓都可以，我只是想讓他消失，不然我怎麼可能跟你們合作呢？想搶功就是要一個人悶著頭去幹，多一個人只是來分功勞而已。」望月把香菸熄在菸灰缸裡，看著艾倫說：「何況你們又不止一個人。」

「哈哈哈！也是，那是我誤會了，真抱歉！哈哈哈！」艾倫笑著，一口把馬克杯裡的即溶咖啡喝完，拿起披在沙發椅背上的西裝外套。

「要走啦？」望月說。

「嗯，要把搜查進度報告給長官知道。」

「真辛苦。」

「你比較辛苦，特地從日本跑過來抓那個殺人魔，還真是難為你了。」艾倫穿上西裝外套。

「彼此彼此囉！很高興跟你們合作。」望月站了起來，向艾倫握手。

「我也是，一起加油吧。」艾倫握上望月的手。

就這樣，表面友好，私底下卻各懷鬼胎的 FBI 和望月兩方，在看似堅固難破的合作關係中，卻已經開始了互相較勁、互相奪取功勞的戲碼。

「沒想到連警察世界都可以這麼複雜……」始終坐在辦公桌上，邊看著日文自學書，邊偷聽兩人說話的子紹搖搖頭，嘆了口氣。

在紐約市郊區，位在萬相被監禁的別墅對面的另一棟別墅，被King看中為最佳的監視地點，於是四天前他在離開X夫人總部之後，直接跑到別墅前，按起電鈴，把別墅主人給趕了出來。

「你到底有什麼毛病啊！」別墅主人在睡夢中被King吵醒，生氣的大聲咆哮。

King沒有說話，只是默默的拿出一包大紙袋，遞給了他。

別墅主人狐疑的打開紙袋，裡面竟然是滿滿的一百元美鈔，讓他看傻了眼，差點就跌倒在滿滿的雪堆中。

「這袋子裡有大約十萬美金，拿走它然後將你的房子借給我一個星期。」接著King從大衣裡拿出他的貝瑞塔手槍，指著他說：「或是我現在馬上送你上天堂。」

果然這種半利誘半威脅的手法奏效，別墅主人連滾帶爬的跑回別墅收拾行李，然後拖著老婆孩子一起上休旅車，連夜逃離別墅。

「嘖嘖嘖。」看著在深夜裡疾駛而去的休旅車，King搖搖頭，然後從他的車子裡拿出一架天文望遠鏡，緩緩的走進屋內。

找了一間有陽台的房間，King把望遠鏡架好，正對著幾十公尺外，關著萬相的別墅。

「果然是最好的視野。」King笑了一笑，直接向後躺在房間裡的彈簧床上，沉沉的睡去。

秘密的用望遠鏡監視了四天，King發現，除了一些穿著奇裝異服的人來來去去之外，並沒有看見Ruse的身影，讓他感覺有點奇怪。

「喂，我是KH。」King在第二天晚上觀察了一個階段之後，撥了通電話給KH。

「我目前所在的位置是紐約北方的郊區，地址我等等用簡訊傳給你，你可以過來一趟嗎？」

「嗯，我明白了，還需要找其他人來嗎？」KH說。

「我會聯絡其他人，你先過來吧，就這樣。」King掛上了電話。

「喂！我還沒……」被King掛電話的KH，無奈的收回快要吐出嘴邊的話，一邊喃喃自語，一邊收拾起自己的武器，並且披上了他的防彈大衣。

照著 King 所給的地址，來到別墅前的風宇、X夫人，還有 KH 三人，在 King 的帶領之下進到別墅的大廳。

「哇！好漂亮的地方，你買的？」進到別墅裡之後，風宇開始在屋裡跑來跑去，一下子動那個，一下子摸那個，沒有停下來的一刻。

「借的。」King 說。「待會兒再看，先把你蒐集到的資料，說給大家聽吧。」

「喔……好吧。」風宇無奈的走回大廳，從背包裡拿出他的筆記本，裡面滿滿的記錄資料。

「根據我所查到的情報，Ruse 似乎以異王的名義，把萬相監禁在對面那棟別墅裡面。前幾天我在市區的一家酒吧裡，和一個喝醉酒的異界殺手聊天，他這樣跟我講的。」

「喝醉就會講出這些話嗎？異界殺手的口風這麼鬆？」KH 驚訝的說。

「任何人在打了 500C.C. 的自白劑，我想都會說出實話的吧。」風宇從口袋裡拿出一小罐乳白色的液體，放在桌子上。

「不只說實話吧？打了這麼多自白劑，我想他的腦子也快燒壞了。」X夫人笑了一下，點起她的細菸斗，對風宇說：「你也真夠狠的。」

「沒什麼啦！只是昨天早上他被送到精神病院去而已，還是我打的電話呢！其實我對他夠好囉。」風宇翻開筆記本下一頁。「目前裡面的守衛機制是每小時撤換一名殺手，沒有固定的人選，不過牢房裡有一名聽說很強很強，強得離譜的殺手在看守著，任何人都進不去。」

「很強的殺手？是誰？」KH 問。

「聽說叫做影鬼，至於他嘛……」風宇把背包放到大腿上，手伸了進去翻翻找找，最後拿出一張有點皺的Ａ４紙張，放在桌上說：「他是這幾年在異界嶄露頭角的殺手，我之前有對他做過調查。」

其他人拿起風宇給的資料傳閱，一看到裡面所記載的特殊能力，眾人無不驚訝，連幾乎沒有表情在臉上的 King，眉頭也不自覺的微微皺了起來。

「我想大家都看到了，他的『入影隱身』的能力，據說他可以把身體融入影子中，然後從任何地方的影子再次出現，不知道是超能力還是障眼法，不過我們可以知道一件事，就是他，相當的棘手。」原本嘻皮笑臉的風宇，臉色突然沉了下來。

「我會繼續去查有沒有什麼線索可以破解他的特殊能力的，不然我們就這樣跟他對上，一定會被殺掉。」風宇把筆記本收了起來。

「狗屁！我會去揪出他的真面目！」KH 重重的用手把資料給摔在桌上，站了起來。

「坐好。」King 伸手壓在 KH 肩膀上，讓他坐了下來，然後對神色稍微緊張的X夫人說：「X夫人，妳的進度呢？」

X夫人把放在嘴邊的菸斗拿了下來，說：「我已經徹底封鎖了紐約市裡，殺手之間的武器流通及人力支援，除非 Ruse 從黑道那邊獲得武器和人力支援，否則我們現在攻進去應該沒什麼問題。」

「嗯。」King 邊聽邊拿出筆記本抄寫，接著他放下了筆對大家說：「根據我這幾天的觀察，我發現一件很重要的事情。」

「什麼事？」KH 問。

「就是 Ruse，人並不在對面的公寓裡。」King 說。

「什麼？」大家同時驚呼。

「我這幾天觀察別墅裡的動向，除了幾個殺手進出之外，並沒有看到 Ruse 進出別墅，也沒有從窗戶看到任何像是 Ruse 的身影。」

「也就是說，那個老頭在把萬相關起來之後，就馬上逃走了是嗎？」KH 憤怒的敲了一下桌子。

「雖然如此，也不用太傷心嘛！」X夫人吸了一口菸斗。

「怎麼說？」風宇問。

「這次Ruse的動作這麼大，甚至還利用異王的名義抓走他旗下的殺手，你想這件事被異王知道了，他會怎麼做？」X夫人把菸斗放在桌上，看著大家說：「當然他現在害怕被異王盯上而躲了起來，而我們這時候攻了進去，殺了那個叫做影鬼的怪胎，救出殺手萬相，這消息傳到他耳中，他再怎麼笨，也一定會知道我們公開跟他作對。」

「讓他陷入兩難，X夫人果然聰明。」King說。

「哦！我懂了！」風宇大喊。

「你這招，玩得夠絕。」KH微笑，點了根香菸。

X夫人把菸斗拿了起來，吸了一口，說：「哼，就算他現在不在那棟別墅裡面，我們沒辦法直接殺了他，搞不好還會被他動用他的卑鄙腦袋和旗下殺手反咬我們一口，但是只要有異王牽制著他的行動，他要對付我們的行動就會停住或是緩慢下來。而且，就算我們不追蹤他的下落，異王那邊一定也不會放過他，總之……」

「總之當他冒用異王之名抓走殺手萬相時，就是注定他即將落入地獄的時候了。」X夫人說。

「沒錯。」風宇說，然後他望向 KH 和 King 兩人，卻看見他們感覺上一點都不像很開心的樣子。

「怎麼啦？」風宇問。

「我總覺得，事情沒這麼簡單。」King 說。

「我也是這麼覺得，Ruse 那老頭不會沒有經過深思熟慮就做出這種蠢事的，這可是會要他的命的，根據我對那臭老頭的了解，他自己的命，比誰的都還要重要幾百倍。」KH 吸了一口香菸。

「……」聽到 KH 和 King 這麼說，眾人突然安靜了下來，直到風宇站了起來，拍了一下桌子。

大家望向他，他很有自信的拍拍自己胸脯說：「我們有全世界最強最厲害的殺手、讓全世界的殺手聽到名字就害怕的殺手獵人、全世界三分之一的殺手在自己麾下殺手組織的領導者，還有我這全世界最棒的偵探！」風宇囂張的抬著頭，右手大拇指指著自己說：「這裡有四個世界之最，還怕敵不過那個只會賣弄頭腦、棺材都踏超過一半進去的老頭嗎？」

「我同意前三句的稱號，最後一個嘛……講自己最棒好像不太好喔。」X 夫人笑了笑。

「他只會每天放臭屁而已。」KH笑著，抽了口香菸。

King沒有說話，只是笑著搖了搖頭。

「嘿嘿嘿。」風宇抓了抓頭。

5

別墅地底下的牢房裡一片黑暗，二十四小時不停歇的滴水聲，偶爾還有幾隻又黑又大的老鼠在鐵欄杆外跑來跑去。

萬相被關在這裡已經超過一個禮拜了，相對的，她也有一個禮拜沒有進食，甚至連一滴水都沒有喝過。

除了黑暗還是黑暗，但是萬相一點都不覺得害怕或徬徨，在這種黑暗的空間裡生存的日子，自己不是沒有體驗過。

曲著腿、把頭埋在大腿之間的萬相，連呼吸聲輕微得都難以聽見。

「欸！妳在想什麼？」前方傳來影鬼的聲音，迴盪在整個地下牢房裡。

萬相沒有回答，只是抬起頭看著眼前那一片黑暗。

突然間，黑暗裡出現了一點火光，接著牢房鐵欄杆外的所有蠟燭一根一根的被點亮，影鬼端起其中一個燭台，蹲在欄杆前看著她。

「滾開。」萬相冷冷的說。

「咯咯咯咯咯咯……」影鬼低頭笑著，把燭台放在地上，漸漸的，消失在他自己的影子裡。

正當萬相要把頭放回大腿之間時，影鬼突然從她旁邊的影子裡竄出，瞪大了眼睛看著她。

「死硬派的女人啊……」影鬼伸出右手，食指的長指甲在萬相臉上刮著。

「別碰我！」萬相甩開影鬼的手，影鬼向後一跳，又跳進了影子裡。

放在地上的燭台被提了起來，影鬼慢慢的從鐵欄杆外的影子出現，陰邪的笑臉讓人毛骨悚然。

「跟妳講話真的很無聊，還好等等有人會過來陪我玩。」影鬼把燭台向後一丟，蠟燭在牆壁上撞成了幾段，火光驟然而逝。

接著影鬼雙手分別抓在兩條欄杆上，把臉靠近了牢房裡面說：「是妳喜歡的人唷！Killer Hunter 呢！是主子告訴我的耶！咿哈哈哈哈哈！」影鬼放肆的大笑，這時萬相緊張的站了起來，揪住影鬼斗篷的領子。

「為什麼他會來？」萬相緊抓著影鬼的斗篷。

「來救妳啊！咿哈哈哈哈哈！」影鬼使勁的站直身子，掙脫萬相的雙手，並在牢房裡邊旋轉邊揮動斗篷。

牢房裡因為影鬼快速揮動斗篷的關係，起了一陣小小的風，所有的蠟燭都被吹熄，瞬間恢復一片黑暗。

「放我出去！放我出去！」萬相在黑暗中抓著欄杆大喊。

「我會放妳出去的，因為我要讓妳親眼看到……KH 是怎麼死的！咿哈哈哈哈哈！」隨著影鬼狂放的笑聲漸漸遠去，牢房裡又恢復原本的黑暗和靜寂。

「你已經準備要去啦？」風宇看著在房間裡整理武器的 KH 說。

「不然你要去嗎？」KH 轉了過來，作勢要把沙漠之鷹拿給風宇。

「哈哈哈！你別開玩笑了，我去也只是送死而已。」風宇乾笑了幾聲。

「也是。」KH 將手中的沙漠之鷹收進大衣口袋裡，對風宇說：「況且她跟你也沒有任何關係，不值得你冒險救她。」

「別這麼說嘛！」風宇拍拍 KH 的肩膀，說：「這件事不只是你要去救她這麼簡單而已，最重要的是在背後操縱的 Ruse 不是嗎？他是我們大家共同的目標，我們一定會盡全力幫你的。」

看著全身散發自信的風宇，KH 心中的重擔一瞬間減輕了許多，他笑了笑，對風宇說：「影鬼的能力你查出來了嗎？」

「這個嘛……」風宇賊笑著。

「他沒問題吧？那個叫做影鬼的怪胎不是會融入影子裡面嗎？如果是這樣，他這一趟去救她，根本就是在送死不是嗎？」X 夫人問著 King，接著她吸了口菸斗。

King 坐在沙發上，雙手交叉放在胸前，他沒有回答 X 夫人的問題，只是意有所指的看著始終蹲在壁爐旁，一語不發的風宇。

「我不知道，如果他注定要死的話，那我救他的方法也是沒用的，畢竟我只是推測出影鬼最有可能使用的方式而已。」風宇雙手放在壁爐前取暖，背對著兩人說。

「什麼方式？」X 夫人問。

「我不確定，還在想。」風宇轉過頭來，說：「可是我已經先告訴他了。」

「不確定也可以說？你這個偵探是怎麼做的？萬一不是怎麼辦？」X夫人沒好氣的抱怨著。

「我……」風宇露出很愧疚的表情。

「好了。」King阻止兩人的對話，看著X夫人說：「風宇他做得沒錯，時間這麼少，他可以推測出可能的方法已經花了很大的工夫了，總比什麼都沒有來得強。而且他說得也沒錯，如果要死，就算已經告訴他真正的方法了，他還是活不了，你就別再苛責他了。」

「好吧。」X夫人吐了口氣，仰著頭看著天花板。

風宇依舊蹲在壁爐前取暖，King看了他一眼，發現了些微的不同處，King搖了搖頭，笑了笑。

走在滿是積雪的路上，KH沒有任何猶豫，眼前那棟別墅裡，有著他無論如何都要去救的人。

身為武器，現在就是真正發揮其用處的時候了。

「你是誰……」守門的人話還來不及問完，脖子上已經多了一道刀痕，鮮血如注。

他痛苦的緊抓住自己的脖子，想要大叫卻一點聲音都發不出來，KH 靜靜的站在他的眼前看著他，開了口說：「我是 KH，記得到地獄告我一筆。」

鮮血不斷的從脖子的傷口流出，即使他已經用了兩手試圖讓血流慢一點，還是無濟於事。

終於，在那一片鮮紅色染遍了周圍的白雪之後，他就像失去吊繩的鐘，咚的一聲脫力倒地，同時也斷了氣。

沒有再多看一眼，KH 逕自轉動了門把，進了別墅。

有別於外面的寒冷，屋裡因為壁爐的火熊熊的燃燒著，讓那溫暖的空氣充滿了四周。

KH 亦步亦趨的在別墅大廳裡走著，讓他感到奇怪的是，除了剛才守在門外的那個倒楣鬼之外，屋裡連一個人影都沒有。

「為什麼……難道說萬相已經被帶走了？不可能，King 一直監視著，她被帶走怎麼可能不會被 King 發現？」說著他拿出口袋裡的無線電耳機加小型麥克風，塞在耳朵上。

「我是 KH，聽得到嗎？King？」KH 對著麥克風說。

「聽得到，怎麼了嗎？」在另一棟別墅裡的 King 拿起無線電回答。

「你確定萬相沒有被帶離這棟別墅嗎？這裡面一個守衛的人都沒有，空得讓我不相信萬相還被關在這裡。」KH 說著，眼神不斷環顧著周圍。

「怎麼會？」King 看不見表情的臉上起了微微的變化，他按下通話鍵對 KH 說：「這不可能，我已經掌握他們所有的行動，萬相絕對還在別墅裡，如果裡面沒人守著，很有可能是陷阱，你先回來這裡，等我們商討完對策後你再行動。」

「嗯……好吧。」正當 KH 準備拿下耳機要離開的時候，他的後方突然傳來了一些聲響，聽起來像是門被打開的聲音。

KH 嘴角微微上揚，按下麥克風旁的通話鍵說：「不好意思，我可能要繼續前進了，先幫我把棺材準備好。」

「你說什麼？」King 一驚。

沒有再回答 King 的話，KH 拿下了耳機和麥克風，從口袋取出他的沙漠之鷹，上膛，朝聲音出現的方向走去。

「……」King 閉上眼睛，用鼻子呼出了長長的氣，然後把無線電放回桌上。

「他想幹什麼？」X 夫人問。

「他現在腦中只有一個目的，就是盡快救出萬相。」King張開眼睛看著X夫人說。

「太冒險了，得趕快阻止他才行。」X夫人拿出手機準備撥號，但這個動作卻被King阻止了。

「現在要他回頭到這裡來，對他而言一定會受到更多難以忍受的煎熬，體諒他，相信他，就像他相信我們一樣。」King的手放在X夫人手機的按鍵上，擋住她撥號的動作。

「我也是這麼覺得，他做事只會一味的向前衝，不會退後，雖然每一次都是很冒險的行動，但是我相信他。」風宇轉過頭來說。

「唉……」X夫人嘆了口氣，搖了搖頭，把手機收進手提包裡，說：「真不知道你們年輕人在想什麼，做事情總該深思熟慮的，像他這樣橫衝直撞，哪天都不知道怎麼死的。」

「算了算了，隨便你們了。」X夫人把一些菸草放進菸斗裡，拿起火柴點了火，抽了起來。

右手緊握著沙漠之鷹，左手放在大衣口袋裡扣著隨身小刀的KH，一步一步慢慢的走在沒開燈的走廊上。

雖然走廊上不至於暗得伸手不見五指，但這種程度的黑暗，已經讓自己戰鬥上的優勢少了一大半。

而且這個黑暗的走廊裡，似乎還隱藏著什麼秘密在。

「一定有問題。」KH暗忖。

走到了走廊的盡頭，KH看見一道牆，而這一路上都沒發生什麼戰鬥的情況，更讓他覺得眼前的這道牆有問題。

「不會有暗門這麼老套吧……」KH伸手摸上牆壁，這時牆壁慢慢的退後，接著向右移開，幽暗的通往地下室的樓梯登時出現在他的眼前。

「真是爛死了，都什麼時代了還流行把人關在地下室嗎？搞不好底下還有地牢。」一邊嘟囔著，KH繼續向前進。

地下室不斷的傳來微微的呼吸聲，KH確信底下有人在，只是這虛弱的呼吸，一點都不像是負責守衛的人所發出來的。

「難道說……」KH加快了腳步，腳步聲在地下室反射出陣陣的回音。

「是誰？」蹲坐在牢房裡的萬相問。

「萬相，是妳嗎？」走到樓梯最底端的KH問。

「KH？」萬相用盡全力的爬到前方的鐵欄杆邊，想努力的看清楚眼前蹲在欄杆外的人影，這時地牢裡一瞬間全亮了起來，影鬼醜陋又詭異的臉在鐵欄杆的另一邊直盯著她看。

「是你！」萬相嚇得向後退了一大步，這時前方槍聲響起，子彈快速的飛了過來，深深的嵌在影鬼眼前的鐵欄杆上。

「哦？」影鬼把頭向後一轉，看見KH舉著手中的沙漠之鷹，惡狠狠的看著他。

「你這個噁心的傢伙給我滾開。」KH瞄準影鬼的右肩膀，開了一槍，子彈不偏不倚的打中了他，但他的臉上卻連一點痛苦的表情都沒有。

「咯咯咯……咿哈哈哈哈哈！」影鬼大笑著，揮動了斗篷，瞬間融入周圍的影子裡。

「這個怪胎。」KH說，走近了牢房的鐵欄杆，看著裡面已經明顯瘦得誇張的萬相說：「妳沒事吧？」

「沒事……你怎麼會知道我在這裡？」萬相慢慢走近欄杆。

「說來話長，總之跟Ruse那臭老頭有關。」

「Ruse……」萬相露出憤恨的表情。

「怎麼了？」KH問。

「他假扮成異王，並且以他的名義把我抓了過來，然後就一直把我囚禁在這裡。」

「該死的臭老頭……那妳知道他去哪了嗎？」

萬相搖搖頭，說：「我不知道。」

「嗯……沒關係，我先放妳出來。」說完KH站了起來，走到上了重重大鎖的門前，用沙漠之鷹對那些鎖開了幾槍，打開了門。

「來吧。」KH走了進去，把萬相接了出來。

扶著連站都快站不穩的萬相回到一樓的KH，先在大廳的沙發上把她放下，接著拿起了耳機和麥克風，按下通話鍵說：「我把萬相救出來了。」

「真的嗎？」風宇搶起無線電說。

「嗯，我現在已經回到別墅大廳，馬上把她接回去。」

「嗯……」風宇疑惑著。

「怎麼了嗎？」KH問。

「影鬼呢？你遇上他了嗎？」風宇問。

「遇上是遇上了，只是他被我開了一槍之後就跑了，現在我也不知道他在哪裡……」話才說到一半，KH看見坐在面對別墅大門方向的萬相露出驚訝的表情，他猛一回頭，影鬼從門前的影子緩緩的浮出，臉上陰邪的笑容讓兩人不寒而慄。

「怎麼了？」風宇對著無線電大喊。

「抱歉，有急事先暫時斷訊，等等解決了之後，再跟你聯絡。」KH取下耳機和麥克風，收進口袋裡。

「喂！KH！等一下！可惡……」風宇把無線電丟在沙發上，猛抓著頭。

「要快一點結束喔！我還要帶她回去好好吃個飯呢！」KH拿出沙漠之鷹，上膛。

「回老家吧！咿哈哈哈哈哈！」影鬼陰邪的大笑。

大廳火光搖曳，唯一可以看得清楚的，就是兩人對看時，那充滿肅殺之氣的眼神。而這瞬間，邪惡的魔鬼，黑暗的狂獸，正式交鋒。

6

「糟糕……希望他一定要冷靜應對才行，不然……」風宇焦躁的在大廳裡走來走去的，一刻也閒不下來。

「他遇上影鬼了嗎？」King 問。

「一定是。」X夫人說。

「就是這樣才糟糕，如果他破解不了影鬼的招數的話，那他一定會被……」風宇舉起右手大拇指，作勢劃過自己的脖子。

「嗯……看來是一定得過去幫他了。King，你怎麼說？」X夫人看著 King。

「沒這個必要。」King 閉上了眼睛，說：「風宇早就給他最佳的破解方式了，而他現在之所以還會這麼緊張，是因為他知道 KH 從未和這種殺手交手過，怕他無法將破解方式發揮得淋漓盡致，對吧？風宇？」

「嗯。」風宇說。

「那不是更該去幫他嗎？」X夫人問。

「幫他？如果他連這點難關都過不了，更不用說以後可能會遇上更厲害的殺手了，現在被解決掉也是他的命。」

「也對，如果被殺掉，真是愧對了殺手獵人這個名號。」X夫人拿起菸斗，抽了一口，正想對風宇說些什麼話時，卻發現風宇早就已經消失無蹤了。

「他去哪了？」X夫人問。

King聳聳肩，搖了搖頭。

「哇啊！」被影鬼一腳踢飛的KH，紮紮實實的撞在大廳的牆壁上，發出一聲巨響。

「咿哈哈哈哈！你好弱啊！」影鬼大笑。

「太詭異了……怎麼可能。」KH擦了擦嘴邊的血，拿起沙漠之鷹對影鬼開了一槍，但是中槍的影鬼依舊毫髮無傷的對著他笑，接著又融入了影子中。

「你還好吧？」被放在走廊口地上的萬相，問著緊抓胸口、露出痛苦表情的KH。

「小傷，不礙事的，妳……」話才說到一半，影鬼突然從KH身後出現，抓起KH的黑色大衣就是一甩，像是擲鏈球一樣的把KH丟到另一邊的牆上。

又是一聲巨響，背部嚴重受創的KH嘔出了一大口血。

這時影鬼快速的躲進牆上掛畫的影子裡，然後從KH的影子裡出現，並且手中還拿了把刀子。

「跟你打真的很無聊，我還是趕快把你送回老家，然後再把萬相帶去陪你，這樣你就不會寂寞啦！咿哈哈哈哈哈！」接著影鬼握刀向前一刺，KH忍住背上的疼痛，伸手就要抓住影鬼握刀的手。

只是這一抓，KH的手竟然抓了個空，影鬼的手就像有形體的鬼魂一樣穿透了KH的身體，連刺進他身體的刀子也沒讓他受到任何傷害。

「唉呀呀！」眼前的影鬼向後一跳，跳到門前對KH說：「嚇到了吧！咿哈哈哈哈哈！」

「你這傢伙……」KH爬起身，把口袋裡的隨身小刀給丟了出去，只是小刀全部穿透了他的身體，反而深深的射進他背後的牆壁上。

「啊啦啦啦啦！」影鬼長長的舌頭伸了出來，對KH做了個鬼臉。

KH勉強的向前走了幾步，眼前這詭異到難以相信的傢伙，一下子像幻影，一下子有實體，讓自己完全沒有辦法真正傷到他，卻反而被他搞得遍體鱗傷，如果再這樣下去，恐怕自己這次就一定會死在他的手上了。

「剛剛是跟你開玩笑的，現在可是真的要殺你囉！」影鬼向前跨了一大步，揪住連沙漠之鷹都快要舉不起來的KH的領子，右手握著的刀子向前一刺。

「不要！」萬相大喊。

KH閉上了眼睛，準備接受這難以相信的死期。

一聲槍響，兩人身旁的別墅大門破了個洞，金鐵交鳴發出巨響，影鬼手中的刀子也被打飛了出去。

影鬼瞪大了眼睛看著門口，這時門緩緩的被打開，風宇笑著走了進來。

「你就是影鬼啊？長得也跟鬼很像呢！哈哈哈！」風宇大笑。

影鬼望著他，然後視線瞥向掉在地上的刀子，也跟著笑了起來。

「咿哈哈哈哈哈！」影鬼大笑。

「你笑得好難聽啊！哈哈哈！」風宇笑得更誇張了。

聽到這句話，影鬼瞬間融入了影子，KH 失去支撐跌倒在地，接著他聽見整個屋子裡充斥著影鬼詭異的笑聲。

「噁心死了……」風宇伸出手指挖挖耳朵，接著拿出他的左輪手槍，對他左邊的牆上開了一槍。

槍聲響起的瞬間，影鬼的笑聲也忽然停止，這時 KH 看見影鬼突然出現在風宇剛剛開槍打中的牆邊，而不是從影子裡出現。

「你……」影鬼瞪大眼睛看著風宇。

「嘿嘿嘿……」風宇笑開了臉，直盯著影鬼看。

影鬼收起笑臉，露出不可思議的表情端詳著風宇，然後再一次的融入影子中，消失在眾人眼前。

「小心……」KH 警告著風宇。

「放心啦！雕蟲小技。」扣了扳機，這次子彈紮紮實實的打在壁爐上的掛鐘邊，影鬼又再一次的從 KH 眼中突然出現。

「怎麼會……」影鬼不敢相信。

「你還想要試幾次？都已經到這步田地了，你應該知道你的伎倆對我一點用處都沒有了吧？」風宇說著，從 KH 口袋拿出耳機和麥克風，塞進耳朵，按下通話鍵。

「現在，我要揭發影鬼『入影隱身』的真相，還有影鬼的真面目！」風宇開心的大喊。

「什麼？」待在另一棟別墅的 King 和X夫人兩人一驚。

「很簡單，這次影鬼『入影隱身』所用的伎倆就是兩個字：『催眠』。」風宇看著氣得牙癢癢的影鬼說。

「催眠？」萬相和 KH 兩人同時說出。

「沒錯！他在戰鬥前一定會先盯著對手看，藉此對他的對手下暗示，暗示成功，那『入影隱身』就可以實行了！可說是所向無敵啊！」風宇說。

風宇把左輪靠在肩膀上，看著影鬼說：「而從未接觸過催眠高手的KH和萬相，還有其他被你殺的莫名其妙的人，都被你唬得一愣一愣的，還以為你真的有超能力呢！哈哈哈！」

影鬼看著風宇的眼神越來越生氣，身上散發出來的邪氣也越來越誇張，但風宇還是不以為意的繼續接下去說：「本來我是真的不知道你融入影子消失的手法，因為見過這手法的人不是被你處理掉了，就是被Ruse處理掉了，我一點也找不到線索。」

「但是我翻找過去有關於影子的資料時，意外發現了Shadow這個名字，他是一個曾經在歐洲和中國各地偷遍許多寶石的怪盜。」風宇吞了一下口水，說：「他，也擁有跟影鬼你相同的能力唷！」

「什麼？難道說？」萬相難以相信的看著站在掛鐘旁的影鬼。

「我照這條線索，終於查出你『入影隱身』的伎倆，就是催眠！」風宇得意的搓搓鼻子。「可惜啊可惜，我曾經也遇過跟你一樣的催眠高手，他的催眠可是全方位的，不像你只會這一種。」風宇露出嫌惡的表情。

「所以啦！我能輕易的破解你對我所下的催眠暗示，而且剛剛你在他們眼中消失在影子裡，然後又出現在另一個地方的時候。我只有看到你跑過去彈了一下手指，然後他們兩個就露出驚訝的表情，想起來還真是好笑呢！你說是不是啊！Nate Bernard？」說完風宇大笑了起來，而影鬼的表情卻是越來越難看。

「Nate……果然是你。」萬相對著影鬼說。

影鬼緊張的看了一眼萬相，隨即恢復他原本輕佻的笑臉說：「什麼Nate？我早就捨棄那張臉，還有那個聽到就會令我作嘔的名字了！現在的我，叫做影鬼！咿哈哈哈哈哈！」影鬼從壁爐上跳了下來。

「你很可惡……」影鬼伸出舌頭，舔了自己的嘴唇。

「一點點囉！」風宇笑著。

「但是他們依舊沒解開我的暗示，在他們眼中，我還是可以融入影子裡的可怕影鬼，而你……你的身手我看得很清楚，你不是殺手，你是誰？」

「我叫做風宇，我是偵探。」風宇說。

「偵探啊……真是個討人厭的職業，不過，我可以確定一件事，就算我不用催眠跟你打，你也絕對打不贏我！咿哈哈哈哈哈！」影鬼抬起頭大笑。

「那可不一……」話才說到一半，風宇就被影鬼用迅雷不及掩耳的速度給甩飛了出去，落地之後還翻滾了好幾圈。

「咧！」影鬼張大嘴巴對風宇吐了個舌頭，然後大笑了起來。

「聽得我都起雞皮疙瘩了……閉嘴！」原本倒坐在一旁的 KH 對影鬼揮了一拳，影鬼來不及反應，一拳被打飛了出去。

「咯咯咯……」影鬼滾到萬相眼前，萬相想要伸手抓住他，這時影鬼看了她一眼，接著又融入了影子中。

「Nate……」萬相無力的放下了手。

KH 站起了身，摸摸剛才被影鬼傷到的地方，痛得皺起了眉頭。

「你還好吧？」風宇抓著自己剛剛那麼一撞而輕微骨折的右手臂說。

「再好不過了。」KH 閉上眼睛，深深的吸了一口氣，隨身小刀冷不防的自身後射出，接著是影鬼的慘叫。

「怎麼可能，連你都……」影鬼拔出緊緊插在肩膀上的小刀，看著流血的肩膀，他慢慢的退到門邊。

KH 轉了過去，搖搖頭對他說：「你以為剛剛那個笨蛋偵探講這麼多廢話是為了什麼？他告訴我，中你的催眠術是因為看見你的眼睛，而解開你的催眠術，也要看著你的眼睛才行。他已經很熟練解開暗示的方法，所以盯著你看的時間不用一秒就可以解開暗示，我第一次做，所以需要時間，可是你剛剛跑來跑去的，我根本就追不上你的眼睛，所以……」

「所以剛剛我是在幫他爭取時間，懂了嗎？」風宇笑著。

「狼狽為奸啊……咿哈哈哈哈！」影鬼縱身一跳，跳過KH之後落在沙發的椅背上，雙手各拿著一把寒光四射的尼泊爾彎刀。

「終於拿出武器啦？不過這樣也對，在你的暗示對我沒有作用之後，只能靠殺手的基本能力一較高下了。」KH也拿起沙漠之鷹。

「你會後悔的……」

「會後悔的人是你！我要讓你對你自己所做的一切付出代價！」右手握著沙漠之鷹，左手扣住兩把隨身小刀，KH縱身一跳同時，影鬼也揮斬了他手中的彎刀，小刀、沙漠之鷹的槍身和彎刀互擊，發出尖銳的金屬撞擊聲。

影鬼將雙手向下一壓，藉著KH出手的力道來了一個大翻轉，翻到KH身後，砍了他一刀。

被影鬼這靈活得像雜耍演員的體術給擺了一道的KH，雖然身體及時反應，向前躲了一段距離，但他身上的防彈大衣，還是被鋒利無比的彎刀給砍出了一道大裂縫。

「你是猴子嗎？」KH轉身看著把彎刀拿在手上揮舞著的影鬼說。

影鬼沒有說話，但手中揮動的彎刀飛快的朝KH直襲而來，那伴隨著邪氣的笑臉，加上快速移動的體術，影鬼儼然就像是一個殺人小丑。

「你別鬧了好不好？」KH左手腕輕敲了自己額頭一下，露出一個無奈的表情，右手食指同時扣下了扳機，子彈急速旋轉射出，直取影鬼胸口。

就在KH以為終於解決影鬼的時候，影鬼卻好像沒事一樣繼續向前進，此時不只是KH自己，連風宇都看傻了眼。

「不是已經解開暗示了嗎？」KH對著風宇大喊，向後退開。

「我不知道，難道說他真的刀槍不入？」風宇驚訝的說。

「別開玩笑了！那剛剛我用刀子刺到他，他流的血難道是假的啊？」KH蹲低姿態，雙腳一彈，左手上的隨身小刀插進了影鬼的肚子。

影鬼瞪大了眼睛，雙手握著的彎刀脫手落下，KH順勢將影鬼壓倒在地，用力的拔出小刀。

鮮血汨汨的從影鬼的下腹部流出，KH緩緩的站起身子，這時影鬼不知道從哪來的力氣，把KH用力一推，他重重的摔在地上。

「咯咯咯……」影鬼把斗篷脫下，而他身上除了肚子上的傷口之外，右胸口、肩膀也是不斷的流著鮮血。

影鬼看了看身上的傷口，慢慢的用右手把身上的血收集在手掌上，然後朝臉上一抹，瘋狂的大笑了起來。

「咿哈哈哈哈！咿哈哈哈哈哈！」幾乎裂到嘴巴的嘴角張得大開，笑得舌頭都伸了出來。

頭上狂揮亂舞的黑色長髮、無神瘋狂的眼神，再加上那被血紅色染遍的恐怖面貌，儼然幻化成妖異的鬼魅。

這一幕讓一旁看見的風宇嚇了一跳，除了感到不可思議之外，卻像是看到妖怪那樣的恐懼。

「哇靠！他是不是人啊？」風宇難以相信的退後了一段距離。

「他不是人，他只是一個喪心病狂的妖怪！」KH一個箭步向前，左手扣住隨身小刀就是一刺，只是呈現瘋狂狀態的影鬼速度比他快上幾倍，KH手中的隨身小刀連影鬼的頭髮都還沒碰到，胸口的衣服已經被影鬼又長又尖的指甲給劃開，胸口也多了好幾道傷痕。

落地的影鬼蹲在地上，伸出舌頭，舔著指甲上的鮮血。

摸摸自己胸口正在流血的抓傷，KH 把沙漠之鷹向右平舉，然後把它丟給風宇。

「你瘋啦！把槍丟給我幹嘛？」風宇不解。

「現在開再多次的槍，對他一點用都沒有，他已經瘋狂，甚至感覺不到任何的痛楚。」KH 撿起影鬼掉在地上的彎刀，反手握在手上，對影鬼擺出戰鬥姿勢，說：「我要一刀把他的頭砍下來，送他去地獄。」

「真是的……隨便你吧！」風宇把槍收進口袋，攤手。

7

屋裡不斷傳出影鬼尖銳的狂笑聲，這種笑聲，早已經超越常人可以忍受的最高頻率，風宇和萬相只能摀著耳朵，試圖讓這種聲音對他們少一點影響。

「我的頭好暈……」風宇痛苦的抓著頭。

大廳裡到處都是影鬼指甲的抓痕，沙發、牆壁、掛畫，連 KH 身上厚重的防彈大衣，也誇張得被影鬼抓出了好幾道痕跡。

「騙人的吧……」KH 掀起衣角，看著滿是傷痕的大衣說。

「咿哈哈哈哈哈！」影鬼大步的跑了過來，KH 試著分析他的攻擊方式，但是這種近乎送死的捨身進擊，是他從來沒有遇過的，他顯得很措手不及，手中的彎刀只能拿來防禦，連一點點攻擊的時機都抓不到。

影鬼的血流了一地，也濺了 KH 一身，而雖然影鬼的能力實在強得可怕，但 KH 早已經知道，他的生命力正在漸漸的減弱。

「喝啊！」影鬼尖銳的指甲朝 KH 胸口直線落下，他伸出雙手的彎刀格擋下來，這時影鬼另一隻手快速的橫抓，KH 的手臂頓時多了一條長長的血痕。

「嘖……」KH 一腳把影鬼踢開，緊抓著自己的手臂。

「你怎麼啦！有這麼痛嗎？」風宇難以置信的看著 KH 一步步的退到大廳角落，額頭還冒出大量的冷汗。

「不是……怎麼會？」KH 雙腿跪了下來，失力跌在地上。

「咯咯咯……」影鬼舞動著十根手指，一步步的逼近 KH。

「喂！你是 KH 的同伴吧？」坐在一旁的萬相問著風宇。

「你說我？」風宇指著自己。

「廢話。」萬相白了他一眼，說：「你應該也發現不對勁了吧？」

「嗯，我正在觀察。」風宇搓搓下巴說：「現在KH全身微微的發抖、嘴唇發紫，還冒冷汗，再加上他好像一點力氣都沒有，所以我研判影鬼的指甲有麻痺毒，而經過幾次的抓擊，恐怕毒已經深入KH的血管裡了，雖然這種毒不足以致命，但是現在他根本任影鬼宰割。」

「該死，我們根本沒有辦法接近影鬼，更別說要把他給救出來了。」

風宇面有難色的閉著眼睛思考，萬象也在一旁低頭沉思，這時影鬼已經來到KH面前，瞪大了眼睛看著他。

「該死……」KH想用手把身體給撐起來，卻一點力氣也沒有。

「咿哈哈哈哈哈！」影鬼笑得連舌頭都伸了出來，臉上紅得發黑的乾涸血液一塊一塊的剝落，碎屑一塊塊的掉在KH臉上。

「呀！」影鬼倏地出手，尖長發寒的五爪，眼看就要撲向KH面露痛苦表情的臉上，這時一聲槍響，影鬼伸出去的手掌被打穿了一個大洞。

影鬼轉過頭去，看見萬相眼眶泛淚，手中緊握著從風宇口袋搶來的沙漠之鷹，槍口還微微的冒著白煙。

「咯咯咯……」影鬼伸出左手食指，穿過右手手掌的洞，邊把玩著邊朝著萬相走了過去。

「我看不下去了，好噁心……」風宇做出嘔吐狀。

「Nate，你醒醒吧！」萬相雙眼不斷的流出眼淚，接著她又扣了一次扳機。

一次、兩次……一顆一顆的子彈不斷打在影鬼身上，只是影鬼除了被子彈打中的那一瞬間，身體因子彈的力量而微微的偏了一下之外，他根本就像沒事一樣的一步一步走向萬相。

「KH，我還以為你是開玩笑的，沒想到他瘋狂起來真的連子彈都不怕。」風宇不可思議的看著像惡靈古堡裡，被槍打中也沒事的喪屍一樣的影鬼，他打了個冷顫。

「那是因為你沒有辦法體會，所謂真正的殺手執念。」努力想用手將自己撐起來的KH因為用力過度，體內的毒讓他吐了一口暗紅色的血。

「執念這麼強？身體都快被打成蜂窩了還像沒事一樣，我看這是怨念吧！他根本就已經發瘋了。」風宇皺著眉頭，然後看著KH說：「那你的殺手執念一定不夠。」

聽到風宇這麼說，KH白了他一眼。

「都什麼時候了還有心情開玩笑……」KH咬緊牙關，表情顯得很痛苦，但他還是勉強的爬起身，往前走了一步。

「坐好。」King 不知何時從 KH 身後出現，伸出手，硬是把 KH 壓回地上。

「坐個屁，你沒看到那個怪胎要殺萬相嗎？你沒長眼睛啊？」KH 大吼。

「沒長眼睛的是你，你沒看到他的眼神嗎？」King 說。

「什麼？」風宇和 KH 同時朝影鬼看去。

步步逼近萬相、全身是血的影鬼此時已沒有剛才的妖異之氣，現在他的眼睛裡，只有滿滿的悔恨。

「原來不是殺手的執念，是愛的執念啊……」風宇嘆了口氣。

「Nate……」萬相放下了槍，淚流不止。

影鬼搖搖晃晃的，終於走到萬相的面前，這時他的腳脫力的彎了下來，倒在萬相身上。

「Crystal……呃啊！」影鬼抓著胸口，吐出了一條黑色的蟲。

黑蟲在混著血和唾液的地板上扭動，這情景讓大家看傻了眼。

「那是什麼東西？」風宇瞪大了眼睛。

「是蠱蟲，應該是 Ruse 用來控制影鬼用的，我曾經看過其他殺手的蠱蟲，跟這隻是一樣的。」King 說。

「沒想到那個臭老頭竟然用這麼下賤的東西來控制別人……」KH不停的喘著氣。

「好噁心……」風宇又做出嘔吐的樣子。

看著地上不斷蠕動的噁心黑蟲，萬相二話不說，馬上拿起沙漠之鷹把牠打得稀巴爛。

「Crystal……抱歉……這麼多年來，真的對不起……」影鬼口中不斷流出血來，淚水和鮮血在萬相衣肩上渲染開來。

「不是你的錯，都是Ruse，都是他害的，我絕對不會放過他！」萬相哭著，緊緊的抱住因為失血過多身體越來越冰冷、不斷微顫的影鬼。

「Crystal……原諒我……好嗎？」影鬼伸出手，輕拂萬相的臉。

「好，我答應你，Nate，你不可以死，不可以死知道嗎？」萬相抱著影鬼的雙手越來越用力，深怕他會從自己的眼前再度消失。

影鬼搖了搖頭，把臉上的易容面具撕了下來，露出他佈滿了可怕傷痕的臉，對著萬相微笑。

「為什麼會這樣？」萬相大驚。

「我早就走進一條回不了頭的路了，這幾年來，我一直活在影鬼的陰影之下，但我心裡一直希望著，希望能遇見妳，所以我努力的存活了下來，只想讓妳結束我這愚蠢的生命……」影鬼一面說話，嘴角一面滲出血來，萬相緊張得用手不斷的把影鬼嘴角的血抹去。

影鬼握住了萬相的手，說：「現在……我的願望成真了，謝謝妳……」

「不要！Nate，不要……」

終於，當影鬼的手再也沒有力氣握住萬相的時候，他的雙眼，也永永遠遠的閉了起來。

「Nate！你說話啊！Nate！」萬相拚命搖晃影鬼已經失去生命的身體，讓一旁的KH三人看得於心不忍。

「欸。」風宇看著KH說。

「做什麼？」KH問。

「你覺得現在該走過去，講一句『人死不能復生』之類的話，好安慰安慰她嗎？」

「你話別這麼多，雞婆。」KH白了風宇一眼，一旁的King搖了搖頭。

8

天明時分，好幾名穿著黑色西裝的 FBI 探員，走進昨晚 KH 他們與影鬼大戰的別墅裡，開始進行搜查。

過了幾分鐘，望月和子紹也坐著艾倫的車子來到，一下車，望月點了根香菸，然後緩緩走進別墅裡。

「打得真誇張。」子紹看著一片狼藉的別墅大廳說。

望月端詳了屋子裡的情況之後，回頭對艾倫問道：「確定是 KH 嗎？」

「沒錯，情報來源是對面別墅的主人，他說三天前的凌晨有一個穿白色大衣的男人給了他一袋美鈔，並且要他把房子借給他一個星期。」

「白色大衣？」子紹疑惑的搓搓下巴。

「那個白色大衣男人的身分我們目前還沒有查到，但是別墅主人在離開之後，每天晚上都會偷偷跑回來查看情況，而在昨晚，他發現一個穿黑色大衣的男人從他的別墅走向這棟別墅，過了一段時間，別墅裡面就傳出打鬥的聲音，還有槍聲。」艾倫拿出 KH 還是殺手時的檔案照片說：「我們拿這張照片給他做比對，確定昨晚進別墅的的確是 KH 沒錯。」

「奇怪……KH進這棟別墅，到底有什麼原因呢？難道說……」子紹搓著下巴說。

「你想到了什麼嗎？」望月吸了一口香菸。

「我想他會不會是來救人或是談判的？否則依他過去的紀錄，他不是那種殺了殺手還會把屍體處理掉的人，屍體是別人所處理的，既然是這樣，那就不應該是來出任務。」子紹思考了一下，又說：「嗯，看樣子他應該是來這裡救人的，因為……」

「因為什麼？」艾倫問。

「因為談判不用把這裡弄得這麼糟糕，對吧？」望月看著子紹說。

「嗯，沒錯。」子紹點頭。

正當艾倫還在思索子紹的推論時，一名探員從另一邊的走廊匆匆忙忙的跑了出來，來到艾倫面前。

「長、長官。」那名探員喘吁吁的說。

「怎麼了？」艾倫說。

「這、這棟別墅有地牢。」他指著走廊深處。

「什麼？」艾倫一驚，而在一旁的子紹和望月露出得意的表情。

幾個探員和望月、子紹一起拿著手電筒，慢慢的走下樓梯，兩邊的牆壁微微漏水顯得有點濕滑，一股濃濃的沼氣席捲著在場所有人的鼻腔。

「我可以吐嗎？」子紹半開玩笑的說。

走到地牢裡，一片黑暗，偶爾傳來些許的滴水聲，讓所有人無不感到不寒而慄。

「我還以為這種東西早就被時代給淘汰掉了。」望月拿出打火機把牢房裡的蠟燭點亮。

「我不得不承認，這種東西，美國現在還是挺多的。」艾倫手摸著牢房的鐵欄杆說。

「為什麼，難道你們美國人，還是喜歡玩恐怖電影裡變態囚禁那一套嗎？」望月說。

「我們什麼時候喜歡了？小心這句話傳了出去，你會被限制入境喔！哈哈哈！」艾倫笑了起來，望月也跟著他乾笑了幾聲。

「我怎麼覺得沒什麼笑點……」子紹心裡暗忖。

查看完地牢之後，大家一起回到別墅大廳，望月點了一根香菸，這時候他的手機突然響了起來。

「我是 Light。」望月接起電話後，電話另一頭的 Light 說。

「嗯，你已經到了嗎？」望月說。

「到了，我和F現在人在中央公園。」

「好，我明白了，我馬上過去。」望月掛上電話。

「望月警官，是誰啊？」一旁的子紹問。

「是Light，幾天前跟他聯絡好，請他們過來紐約一趟，他們現在人已經在中央公園了，我們現在要過去跟他們碰面。」望月吸了一口香菸。

「他們為什麼會過來啊？如果是提供情報和討論案情，用電話聯絡不就好了嗎？」子紹不解的說。

「哦？連你的腦袋都想不出來嗎？」望月看了子紹一眼，他搖了搖頭。

「那跟我一起去不就知道了嗎？」他笑了笑。

「嗯。」子紹點點頭。

正當兩人準備離開別墅時，艾倫叫住了他們，說：「等等，你們剛剛說的Light，不會是ICPO的那個名偵探吧？」

「是啊。」望月說。

「我也想親眼看看他長得怎麼樣。」艾倫挑了挑眉，說：「何況你們沒有車子，我也可以載你們過去啊！如何？」

聽到艾倫這麼說，望月輕輕的笑一笑，轉了過去對他說：「OK！當然沒問題。」

「那我們就走吧。」艾倫說。

車子在中央公園前停了下來，望月撥了通電話給 Light。

「你們人在哪裡？」望月說。

「在你旁邊。」電話裡的 Light 發出輕微的笑聲，這時望月一轉頭，Light 正站在副駕駛座的車窗外。

「沒想到你也喜歡玩這一招啊？」望月把手機掛上，搖下車窗說。

「偶爾而已。」Light 把手靠在車頂，說：「只是預先知道你們的車子是哪一輛，先走過來等囉！」

「真不愧是世界首屈一指的偵探。」坐在駕駛座的艾倫說。

「哦？這位不就是 FBI 的艾倫・亞伯探員嗎？真是久仰大名。」Light 把頭靠近車內，看清楚艾倫的樣子。

「你能知道我們開什麼車子來，就應該知道車子的主人是誰了吧？你們這些偵探老是喜歡明知故問。」望月搖搖頭。

「壞習慣改不掉囉。」Light 指著馬路另一邊的餐廳說：「F已經在裡面等一會兒了，你們先把車子停到餐廳停車場，我們邊吃邊聊吧。」

「OK，你先過去吧，我們等等就進去。」

「嗯。」Light 轉身離開。

「他們到了？」F問著剛回到位子上，拍著肩膀上積雪的 Light。

「到了，他們現在正在停車，馬上就會進來了。」Light 拿起菜單，舉手叫了服務生過來，苦笑著說：「我們先點餐吧！我快餓死了。」

「嗯。」F點點頭。

過了一會兒，望月三人從餐廳大門口走了進來，跟櫃檯人員說明他們是來找人之後，直接走向 Light 他們的位子。

「這位是……」艾倫看著坐在 Light 旁邊，戴著墨鏡、穿著一身名牌的F說。

「我是偵探F，你好。」F起身跟艾倫握手。

艾倫大吃一驚，眼前的F一點都不像他想像中的，是個沉穩，而且戴著厚厚近視眼鏡的尋人偵探，現在站在他眼前的F，時髦得就像個男模特兒。

「你們兩位一點都不像是偵探呢！」艾倫同時望向看起來就像精明的公司主管的 Light。

「偵探的形象是什麼？應該像福爾摩斯那樣子嗎？」Light 看著艾倫問。

「的確，名偵探福爾摩斯的形象確實深植了人心，但是事實上，全世界許多偵探都不會像他那樣子，而刻意要模仿福爾摩斯的人，也絕對不會是個真正厲害的偵探。」

F拿起桌上的奶茶，喝了一口。

「沒錯，像我們今天要跟望月警官討論的這位偵探，也是我和F一致認為，能力足以超越我們兩人，但也是最不像偵探的偵探。」Light 說。

「真的有這麼厲害，這個人到底是誰？難道這世界上還有你們兩位名偵探都比不上的偵探嗎？」子紹大吃一驚。

「當然有，他叫做 Michael Holmes。」Light 微笑著說。

9

「米歇爾……福爾摩斯？」子紹露出疑惑的表情。

「這名字倒是挺耐人尋味的，是假名嗎？」望月拿出菜單邊看邊說。

「這問題我也很想回答你，但很可惜的是，關於他的來歷，連F都感到一籌莫展。」Light望向F，F無奈的對望月搖搖頭。

「這麼神秘，那他的來頭一定不小。」艾倫說。

「正好相反，從幾年前他幫ICPO解決了一十三件由一名犯罪天才所策劃出來的案子之後，曾經進入總部幾次。」Light停頓了一下，說：「之後F開始暗中追查他的行蹤，他在辦理案子的時候全是依靠自己的能力，當然也會遇到瓶頸，不過可以肯定的是，完全沒有任何後台在幫助他。」

「這點我可以肯定。」F說。

「一個從出生時，就開始隱藏身分的天才偵探啊……」子紹想了一下，說：「他該不會很年輕吧？」

「哦？」Light驚喜了一下。「你怎麼知道的？」

「猜的。」子紹搖搖頭，而坐在一旁的望月用著肯定的眼神看著他。

「你看，我說得沒錯吧！子紹的確是一個令人驚喜的人呢！」Light看著F說。

「超強第六感、大膽的假設再做求證，雖說可能只是誤打誤撞，但是這種思維和能力，的確是新世代警察所需要的一點。」F喝了一口奶茶。

「難怪你會想把他挖角過來了，望月。」艾倫意有所指的看著望月，而望月只是白了他一眼。

「今天來不是要討論有關於他的事嗎？別再討論我了，我不重要的啦！」子紹見大家把話題指向了他，趕緊轉移話題。

「呵，也是，只是子紹小弟真是一塊太優質的鑽石原石了，真想親自研磨成形呢。」Light 笑著說。

「呃……呵呵呵，真是太抬舉我了。」子紹尷尬的笑了笑。

「言歸正傳，上次望月警官拜託我和 F 追查 Michael Holmes 的下落，我們發現他曾經去過台灣，還待了一段不短的時間。」Light 說。

「他來過台灣？為什麼？」子紹問。

「因為我剛剛所說的犯罪天才，那陣子去了台灣，也在台灣主導了不少件案子，我記得那時候主要追查他的是一名叫做龍顯的警官。」

「是龍哥！」子紹吃了一驚，望月也微微震了一下。

「他跟那名龍顯警官聯手，硬是把那名犯罪天才的野心給阻斷，也逼得他離開了台灣。」

「如果是這樣，為什麼我在台灣從來沒有聽說過有 Michael Holmes 這名偵探呢？」子紹疑惑著回想。

「你當然沒有聽過。」Light 看著子紹，說：「因為他在台灣的時候，用的不是 Michael Holmes 這個名字，而是叫做『段風宇』。」

「這名字我聽過！那時候我剛從警校畢業，這個名字傳得整個警界都沒有人不知道耶！他就是你們說的那個偵探，難怪這麼厲害。」子紹既驚訝又讚嘆。

「嗯。」F 接話。「而他在那個犯罪天才離開台灣之後，也跟著離開了，根據我所蒐集的資料，他依舊跟著那個叫做路西法的犯罪天才跑到世界各國去，而現在，他們兩個人都在美國。」

「這麼近？」艾倫說。

「就是這麼近，而且 Michael Holmes 人也跟我們一樣，就在紐約。」F 說。

「那我們可以請他幫忙抓 KH 囉？」子紹問。

「不，沒這麼簡單。」Light 搖頭。「因為他現在根本就是在幫助 KH，要抓他幾乎是不可能，何況 Michael Holmes 一定也會知道我們兩個的行蹤，而先行一步做出對策。」

「那我們不就一點都沒有機會抓到 KH 了嗎？還有，為什麼一個這麼厲害的偵探要幫助那樣的殺人魔？」子紹生氣的抓緊了桌上的水杯，這時望月伸出了手，把子紹握緊杯子的手掌給鬆了開來。

「這就是為什麼我要他們兩個直接來到美國的原因了。」望月說。

「什麼意思？」子紹問。

「你剛剛說的第二個問題，我和F沒辦法回答你，但是第一個問題的答案，就是要靠我們兩個支開 Michael Holmes，讓他離開 KH 的身邊。」

「要怎麼做呢？既然他都擁有跟你們兩位一樣的情報武器，甚至有凌駕你們頭腦的聰明，想要讓他離開 KH 身邊，沒這麼容易吧？」艾倫看著 Light 和F兩人。

「很簡單，用正義的力量，讓他知道他現在做的事是錯誤的。」望月回答艾倫的問題。

「正義？」子紹和艾倫同時說出這句話。

「是的，我們要以正義之名與他談判，讓他知道真正的正義，不是幫助一個為了復仇而沾染血腥的可憐黑暗之人。」Light 微笑。

離開餐廳之後，艾倫先行離開，而望月則帶著 Light 和F到附近的飯店辦理住房手續。

「他們什麼時候會到？」望月問。

「這幾天吧，不過還是要你和 FBI 那邊先把X夫人的問題處理掉，才能製造最好的空間來驅退 Michael。」Light 按下電梯按鈕，原本燈號停在六樓的電梯開始往下降。

「這點你不用擔心，你給了我這麼多X夫人的情報，這幾天馬上就能將他們一網打盡。」望月給了 Light 一個自信的表情。

這時電梯發出「登」的一聲，門向左右打了開來。

「那就先這樣了，逮捕了X夫人之後馬上通知我們，我們會先對 Michael 做出最快的處理方針。」Light 對F招招手，兩人一起走進電梯。

「再見。」望月說。

「再見。」電梯門關了起來，望月轉身離開，子紹隨後跟上。

「望月警官。」走出飯店大門時，子紹叫住了望月。

「怎麼了？」望月回頭問。

「你剛剛跟 Light 偵探討論的事情，你好像沒有跟我說過，尤其是要抓X夫人還有風宇偵探的事情，這是怎麼一回事啊？」

「哦？你的口氣像是在質問我。」望月看了子紹一眼。

「不是，只是想知道望月警官心裡所盤算的計畫。」子紹抓抓頭，說：「怎麼說呢……總覺得心裡有一種無論如何都非得知道的感覺，不過我知道這個行動是很機密的，如果望月警官不說也沒關係啦！」

「嗯……」望月摸摸下巴，想了一下。「我覺得是該告訴你的，畢竟我是想要培養你的嘛！何況你都跟我來美國一段時間了。」

「真的嗎？」子紹高興的問。

「當然，不過我們先回飯店再說吧。」望月拉起外套，看著開始飄起白雪的天空。

「是！」子紹大聲的說。

「記得我在台灣跟你提到過的，我們必須先等 KH 和 HELL 聯繫上，再想辦法一起逮捕他們兩方這件事嗎？」回到房間客廳的望月，點了根香菸。

「記得。」子紹點點頭。

「很好，那現在他跟 HELL 之間有聯繫或衝突了嗎？」

「沒有。」子紹搖搖頭。

「嗯，那你知道我為什麼要先驅離或逮捕他身邊有力的人嗎？」望月吸了一口香菸。

「我不知道。」子紹抓著頭，拚命搖頭。

「我給你一個方向。」望月又吸了一口香菸，說：「你試圖以他跟 Ruse 的關係，還有他現在在美國與其他人互動的狀態，思考一個，最終能讓他和 HELL 正面衝突的方針。」

子紹點頭，閉上了眼睛，望月邊抽香菸邊看著他，笑了笑。

「X夫人和 Ruse 一樣，是殺手集團的首領，兩方之間一定有利害關係，並且想盡辦法要除掉對方。」子紹依舊閉著雙眼。

「繼續。」望月說。

「對於警方來說，Ruse 還要比X夫人更令人頭痛，而且來得更有能力，如果讓 KH 繼續依附在X夫人組織裡，很可能會因為某種原因被說服，進而反向對付起 Ruse 來。」子紹吸了一口氣，說：「如果讓X夫人成為 KH 的新後盾，KH 的視界會縮小，而X夫人能力和野心也不夠，不可能成為 KH 和 HELL 之間衝突的推手，X夫人本身對 KH 的需要感太大。再這樣下去，KH 絕對不可能跟 HELL 有所接觸，所以X夫人組織必須消失。」

「目前為止都沒錯，那你說看看，我為什麼要支開偵探 Michael Holmes？」望月把香菸熄在菸灰缸裡。

「風宇偵探能力太強，就算逮捕了X夫人，讓KH回到計畫軌道中，總有一天還是會被他識破我們在背後引導KH跟HELL起衝突，就算有Light和F這兩位偵探在後頭負責提供情資，但風險還是太大，所以風宇偵探也必須要離開。」子紹睜開了眼睛，張大了眼睛看著望月說：「對嗎？」

「正確答案。」望月又點了根香菸，給了子紹一個大拇指。

「原來是這樣啊……望月警官你思考得真縝密。」子紹恍然大悟的讚嘆。

「這一切都為了除掉Ruse和HELL這兩個黑暗世界的最強勢力，讓正義之光重新照耀在這世界上，一定要成功，無論是用什麼方法。」望月堅定的眼神讓子紹倍感信心。

「我們一定會成功的。」子紹說。

「沒錯。」望月吸了一口香菸，微笑。

10

「下一步該怎麼做？」和 King 還有風宇兩人一起待在 X 夫人總部的 KH，抽著香菸，和其他三人討論接下去的方針。

「我已經願意把 Mary 交還給 KH 你了，接下來呢？你要回去找 Ruse 了嗎？」X 夫人吸了一口細菸斗。

「應該是，我要回去把事情問清楚。」KH 說。

「我反對。」風宇說。

「我也是。」King 轉過頭來看了 KH 一眼。

「為什麼？」KH 一驚。

「你要想清楚，你殺了影鬼把萬相救出來，基本上已經是和 Ruse 過不去了，加上你是和他的敵人 X 夫人共謀，所以他現在一定很想殺你，你回去找他只是去送死而已。」King 臉色微微的顯得凝重。

「我有同感，所以我不贊成你現在回台灣，先留在這裡再想下一步吧！至少紅蓮和萬相都會安全一點。」風宇說。

「也是……」KH 沉思了一下，然後像是想起了什麼一樣，從大衣暗袋裡拿出他剛到美國時拿到的，HELL 的追殺函。

「你們看過這個東西嗎？」KH 把紫金色信封裡的燙金卡片拿了出來，遞到 King

的面前。

「這是……」King仔細端詳著手中的卡片，還有在卡片上署名的Satan。

一旁的X夫人搖搖頭，表示沒見過，而風宇則是像是被電到似的，全身震了一下。

「你見過？」KH問著風宇。

風宇點點頭，一副難以相信說：「這等於是死神的邀請函啊……」

「嗯，我也聽一個叫做路西法的人說過，這是一只追殺函，代表在裡面署名的人要親自解決我。」KH從King手中拿回卡片，放回信封裡。

「你見過他？」風宇問。

「我是見過，怎麼了嗎？你跟他結下了樑子？」

「這樑子可結大了，他現在會暫時收手住在美國，可都要歸功於我。」風宇無奈的笑了笑。

「那他真的是一個犯罪天才囉？」KH回想起路西法那和他的年紀完全不符合的沉穩，還有全身散發出來的邪惡之氣，然後對風宇說：「能跟你有過節的，也就只有犯罪者而已吧？」

「也不是這樣講啦！其實有兩個不是犯罪者的人也滿不喜歡我的，是兩個偵探，雖然我也不太喜歡他們就是了。」風宇抓抓頭。

「也是，你真的不太討人喜歡。」X夫人插了一句。

「欸，妳講這句話很過分。」風宇對X夫人做了個鬼臉。

「那這個Satan，真的是路西法所說的，HELL的老大嗎？他到底是誰？」KH問。

「Satan的確是HELL的首領沒錯，但是他的真實身分……老實說我也不太清楚，應該說是查不到。」

「連你也有查不出來的人？」X夫人微微露出驚訝的表情。

「雖然很不願意承認，但確實是這樣沒錯。」風宇搖搖頭。

「那這個Satan，是真的要殺我？」KH的表情略顯凝重。

「嗯，被發過追殺函的，沒有一個活下來過。」風宇吞了口口水，說：「不管是誰都一樣，必死無疑。」

「我倒想試試看，成為第一個被HELL追殺，還死不了的人。」KH閉上眼睛，吸了一口香菸。

「你別開玩笑了！跟他們對上，等於和全世界的黑幫正面衝突，別忘了還有全世界的警察都盯著你，更別說殺手界了，你現在公然跟Ruse挑戰，除了X夫人這裡和異界，這世界上已經沒有你的容身之所了你知道嗎？」風宇激動的站起來大喊。

「我同意，以前你還有 Ruse 在庇護你，至少在他的麾下，其他勢力還不敢有太大的動作，只要你現在和 Ruse 產生對立的消息一散佈出去，你馬上就會遭受到密集的追殺，還有追捕。」King 嚴峻的眼神直盯著 KH 看。

風宇來回踱步著，King 和 X 夫人陷入沉思，而身為事件介入者的 KH 本人腦袋卻開始一片空白。

「正如我剛剛所說過的，你還是不要回台灣了，先留在這裡吧！至少紅蓮和萬相都會很安全。」風宇坐回沙發上對 KH 說。

「我同意。」X 夫人笑了一下，然後對坐在他旁邊的 King 說：「你呢？你怎麼想？」

「我怎麼想不重要，重要的是他的想法，還有躲在門外的那個人的想法。」King 看了一下大門說。

「門外？」X 夫人驚訝的朝大門的方向看去，這時大門慢慢的被打開，走出了一個人。

「真不愧是世界第一的殺手，King。」Death 緩緩把門帶上，走到大廳裡。

「你是？」X夫人疑惑的問。

「我叫做 Death，我是殺手。」Death 對X夫人做自我介紹。

「你的名字我聽過，久仰大名，請坐。」X夫人伸出手，示意請 Death 坐下。

「謝謝。」Death 走到 KH 身邊坐下，這時候 King 意有所指的看著兩人，微笑著，好像是看透了什麼一樣。

「你們可以說了嗎？你們心中盤算的事。」King 把雙手交叉放在胸前，靠在沙發的椅背上。

「還是被發現啦？」這時 KH 像是秘密被拆穿似的尷尬笑了一下。

「什麼意思？我怎麼聽不懂你們在說什麼？」X夫人一臉狐疑。

「好啊！你竟然也敢把我們當工具用啊？」風宇也像猜到謎底一樣的恍然大悟，沒好氣的哼了他一聲。

「我還是聽不懂。」X夫人微微歪著頭。

「也就是說——」風宇說到一半，King 伸出手阻止他繼續說下去。

「還是讓他們說吧。」King 說。

「好吧。」聽到 King 這麼說，風宇那急著想把謎底揭穿的個性也只好收斂一點。

「其實，我和 Death 還在台灣時，就已經開始策劃要對付 Ruse 了。」KH 把快燒盡的香菸熄在菸灰缸裡。

「因為我跟 KH 都意識到一件事。」Death 說。

「什麼事？」X 夫人問。

「就是 Ruse，他想殺我們兩個人。」KH 又點起一根香菸。

「在他的面前，我應該已經是死了，原因是 KH 認為在台灣和 Ruse 起衝突太危險，於是他決定先讓我詐死，等得到鬼塚紅蓮在 X 夫人麾下的這個情報之後，離開台灣，再想辦法對付 Ruse。」

「至少在海外，他的勢力還沒有這麼大，尤其是有 X 夫人勢力，還有其他黑道勢力存在的美國。」KH 吸了一口香菸。

「原來如此，那你有沒有想過，萬一你開始對付 Ruse，你想要找殺你家人的兇手，就變得更困難了。」風宇沉思著。

「這點我當然考慮過，只是如果連我這條命都留不住了，那就連查的機會都沒有了，不是嗎？」KH 又吸了一口香菸，吐出濃濃白霧。

「沒錯，何況現在這裡有風宇在幫你，只要你把你所知道的一切都告訴他，相信他很快就可以查個水落石出。」King 說。

聽到 King 這麼說，風宇先是驚訝了一下，然後很不好意思的抓抓頭說：「呵呵呵……你太看得起我了。」

「你就是裝傻這點讓人討厭。」X夫人搖搖頭。

「欸！給人留一點台階下好不好？真是的……」風宇又無奈的抓抓頭，笑了起來。

「放心，就算那老頭再怎麼神通廣大，我相信我們現在的組合，一定能完完全全的打敗他的。」KH 堅定的眼神掃過在場的所有人，而大家也給他一個確定的表情。

「果然是成長了。」萬相的聲音從閣樓上傳來，KH 向上一看，紅蓮和萬相正站在二樓的欄杆前看著自己。

萬相有精神的臉色，充滿笑容的嘴角，讓 KH 暫時安心了下來。

「沒想到你也會使心機，我還以為你只是 Ruse 的傀儡玩偶而已。」萬相在紅蓮的攙扶之下，慢慢走下了樓梯，看來經過幾天的休息之後，萬相的精神已經好多了。

走到樓梯底部的時候，KH 前去扶住萬相的另一隻手，紅蓮也放了手，讓 KH 帶她到沙發上坐下。

「妳還不是一樣，當初要不是看上我可以帶妳脫離異界，妳也不會接受留在我身邊監視我這個任務不是嗎？」KH 笑了一下。

「脫離異界？為什麼？」X夫人問。

「這點她可以問 King，是他把這件事情告訴我的，也是為什麼萬相想離開異界的原因。」KH 讓萬相躺在沙發的椅背上，讓她舒服些。

「嗯，當初我把曾經被 KH 擊敗的台灣一個小殺手組織的首領，叫做紅龍的人送到異界，而他會定期的對我報告異界的動向。」King 說。

「難道說，異界內部出事了？」X夫人的語氣略顯緊張。

「出事的不是異界，是異王。」

「異王他怎麼了？」X夫人的情緒越來越激動。

「根據紅龍跟我提供的情報，從七年前開始，近幾年來已經再也沒有人看過異王現身在異界總部，所有的任務、命令，全是由我們昨晚所殺的影鬼所發佈，也幾乎是由他在統籌管理異界。」King 身體微微向前，雙手放在下巴作思考狀。

「可是影鬼他卻是 Ruse 的走狗。」X夫人恍然大悟，瞬間瞪大了眼睛。「難道說……」

「恐怕異王已經遭到 Ruse 的毒手，而現在 Ruse 才是異界的真正管理者。」King 的臉色很凝重。

11

「這怎麼可能？那樣的異王竟然會……我怎麼樣都不相信。」X夫人故作冷靜，卻不停的拿起細菸斗，一口接一口的抽著。

「是真的，原本我也對異王沒有出現的這件事情感到疑惑，為了查清楚這件事，我自願到KH身邊，找尋其他的可能性，直到我見到身為異王左右手的影鬼竟然稱Ruse為主子，我才確定了這個推論，而異王他……」萬相說到一半停頓了下來，因為他怎麼樣也不敢相信，Ruse這個恐怖的人，已經幾乎控制了整個殺手界。

「現在最該注意的是，X夫人妳。」King說。

「我？」X夫人愣了一下，說：「也是，如果Ruse要統領殺手界，的確只剩下我這個眼中釘了。」

「不只是Ruse。」風宇插話。

「什麼意思？」X夫人看著風宇。

「國際刑警組織已經聯合日本警視廳的望月昌介，還有美國聯邦調查局，近日內將要圍捕X夫人，他們要X夫人在美國境內消失。」風宇的口氣聽起來很嚴肅。

「要我消失？」X夫人吞了口口水。

「國際刑警組織 ICPO 已經祭出 Light 和 F 這兩個王牌，看來他們是勢在必得，原本我還以為 KH 到異界那還能得到庇護，現在卻連異界也被 Ruse 控制住了，可惡……」風宇忿恨的握緊了拳頭。

「他們就是你剛剛說的，你很不喜歡的兩個人？他們是什麼身分？」X夫人問。

「他們是偵探，是最頂尖的，也是全世界警察的王牌。」風宇說：「不過放心，這裡有我在的話，他們是不可能逮到我們的，他們能蒐集到我們的情資，同樣的，我也可以搜尋到他們的情報，在情報戰上我和他們兩個平分秋色，只要我們這邊不被 Ruse 和他們夾擊，我有自信躲開他們。」

「這點我跟偵探小子有同樣想法，畢竟美國這裡是妳的地盤，Ruse 要攻進來沒這麼容易，只要我們能抵擋住 ICPO 跟小日本的追擊，我們一定能想到辦法反攻。」KH 點了一根香菸，對X夫人點了點頭。

「好吧……那就麻煩各位了。」X夫人覺得很不好意思。

「別這麼說，現在我們有共同的敵人在，應該互相幫助才對，無論是什麼身分。」KH 說。

「好感人啊！」窗外傳來拍手聲，所有人往窗戶看去，兩個人就站在窗外看著屋內，不停的拍著手。

「該死……還是追到這裡來了。」風宇小聲的說，起身走向大門。

「等等。」KH伸出手擋住風宇。「他們是誰？」

「我討厭的兩個人。」風宇苦笑，打開門走了出去。

剛下完雪的街道積了一層銀白，風宇一步一步的踩在雪堆上，眼前的Light和F背對著他繼續往前走，風宇也不斷的跟上。

深夜街上的行人不多，什麼地方都能說話而不被其他人聽見，但兩人還是不斷的走著，直到三人離開了市區，來到一棟已經廢棄的別墅前。

「不找我進去坐坐？」風宇半開玩笑的說。

「Michael Holmes，你知道你自己在做什麼嗎？」Light嚴肅的看著風宇說。

「我？聽你說話啊！」風宇笑了一下。

「你不要再裝傻了，你難道不知道你現在幫助的人是誰嗎？」F語氣略顯憤怒。

「我知道啊！他是國際通緝犯嘛！我喜歡，不可以嗎？」風宇歪著頭，聳聳肩。

聽到風宇如此幼稚的發言，Light氣得走了過去，一把揪住了風宇的領子，瞪著他看。

而被 Light 這樣看著的風宇，也不甘示弱的瞪了回去，且一把甩開 Light 抓在自己領子上的手。

被甩開手的 Light 暴怒，用力的把風宇推倒在雪堆裡，然後一腳踩在風宇身上，說：「你正在犯錯，停止你的愚蠢行為並離開他們。」

「我為什麼要聽你的！」風宇撥開 Light 的手，站了起來。「我覺得這樣很好玩，而且KH他根本不是你們所想像的人，他比你們這些披了羊皮的偽君子好得太多了。」

Light 深深吸了一口氣，出手就是朝他肚子一拳，風宇被這突如其來的攻擊打倒在地，腹部還因重擊而隱隱作痛。

「你丟盡偵探的臉。」Light 說。

「只是我們雙方認定的正義不同罷了，你認同的是警察的正義，我卻還看得到黑暗世界裡的正義，比較起來，是你們的正義太狹隘了。」風宇咬著牙又站了起來。

「可能真的是如此。不過，你所說的狹隘正義，卻是現在支持這世界的，不變的真理。」F慢慢的走向前。

「已經不是了……你們一點都不了解這世界運行的法則，光明必須和黑暗平衡共存，否則世界天秤的兩端一旦失去平衡，就會面臨崩潰。」強忍著腹部的疼痛，風宇試著對他們講述他所看到的事物，但 Light 和 F 兩人似乎一點都不領情。

「你還在強詞奪理。」Light 憤怒的說。

「隨你怎麼說。」風宇轉身就想離去。

「等一等。」Light 叫住風宇。

風宇停了下來，向後一看，幾個黑影從廢棄的別墅裡走了出來，仔細看去，每個人手上都還拿著手槍。

「你這是什麼意思？」風宇說。

「我以正義之名，逮捕你。」Light 一揮手，所有人將手槍上膛，朝風宇的方向快步走了過來。

「真不應該自己一個人跑出來的……」風宇苦笑，拿出懷中的左輪手槍。

接著別墅前發生了激烈的槍戰，應該說是由 Light 單方的人馬不斷開槍，逼風宇投降，而風宇只有不停躲子彈的份。

「喂！不是說要逮捕我嗎？怎麼看起來你根本就是想取我性命嘛！」躲在郵筒後面的風宇對 Light 大喊。

「只要你投降我就停止開槍。」Light 站在眾人身後說。

「辦不到！」風宇一躍而上，踩在郵筒上面準備開槍，卻發現F站在郵筒前看著他。

F搖搖頭，伸手把風宇從郵筒上拉了下來，接著一個過肩摔，他被重重的摔在地上。

一見機不可失，Light馬上吆喝所有人前去逮捕風宇，只見所有人一擁而上，把他緊緊的壓在地上，還在他的手上銬上手銬。

風宇死命的掙扎，卻怎麼也掙脫不了，只能眼睜睜的看著自己被壓制住。

「把屍袋拿來。」Light說，一旁的兩個人點了頭，隨即從停在路旁的休旅車上拿出一個黑色的屍袋，把風宇裝了進去。

「放開我！放開……」屍袋的拉鍊被拉了起來，風宇持續的掙扎著，卻也明白自己已經無法逃出去了。

「把他帶走。」Light揮了揮手，幾個黑衣人把屍袋抬進休旅車的後車廂裡，並開車離開。

看著車子的車尾燈遠離，Light拿出手機，撥了通電話。

「我是望月。」電話接起來之後，望月在電話另一頭說。

「風宇已經被帶走了。」Light 說。

「謝謝你，接下來就是消滅X夫人了，我們繼續加油吧！」望月掛上電話，吸了一口香菸，微笑。

12

三天過去了，在X夫人總部裡，看著風宇那天晚上跑出去就再也沒回來的 KH 等人，開始感覺到事情的不對勁。

「你怎麼想？」Death 坐在房間床沿，看著站在窗邊、一語不發的 KH 說。

「還能怎麼想？八成是被抓了。」KH 轉了過來，雙手的手臂靠在窗邊，嘴巴上面還叼著香菸。

「也是，一個再厲害的軍師要是手裡沒有軍隊的話，也只是一個空口說白話的普通人罷了。」Death 搖搖頭，點了根香菸。

「這也表示 ICPO 已經非殲滅X夫人不可了，接下來的行動，他們可能會不擇手段。」KH臉色略顯沉重。

兩人沉默了一段時間，直到KH手中的香菸燒盡了，他將菸蒂向窗外的街道一彈，命中一個路人的臉。

路人因為被這菸蒂打中而嚇了一大跳，左搖右晃的撞上不少人，人行道馬上變成一團混亂，還有人因此而打了起來。

「嘖嘖嘖，這樣做很糟糕喔……」Death走到窗邊向外看，又向同一個人彈了一次菸蒂。

「你還不是一樣。」KH白了他一眼。

「呵呵呵……」Death不置可否的笑著。

King從那天晚上開始也像人間蒸發一樣消失，雖然不知道他人跑到哪去，但KH依舊照著原定計畫，和Death待在X夫人總部應付ICPO的下一步行動，紅蓮也在總部照顧萬相。

X夫人依舊照常的營運著，那天晚上大家說的話，X夫人並沒有對麾下任何一個殺手宣佈，一來不想造成組織恐慌，二來是因為和KH等人協定好，要一起看看ICPO和FBI到底會出什麼招來對付他們。

總部大廳沒有其他人，X夫人一個人坐在壁爐前抽著菸斗，看著窗外下著雪的天空沉思著。

煙霧繚繞在X夫人身邊，火光將大廳照得一閃一閃的，在陰暗中顯得有些詭譎恐怖。

突然間，X夫人身後的大門被打了開，不疾不徐的腳步聲傳來，一步又一步沉穩又規律的皮鞋踏聲，似乎還隱藏著強烈的肅殺之氣。

「你是誰？怎麼進來的？」X夫人沒有回頭，問著一步步走近她的那個人，因為現在X夫人位在總部樓上的大廳，可不比總部一樓的大廳這麼容易被人窺視，也不是說能進來就進來的。

「國際三大殺手集團之一，X夫人的總部果然是戒備森嚴，一、二樓看似普通的住家，但越往樓上守衛越多，而且都是身手矯健的美女殺手，讓我為了到達這裡，還花了不少時間。」男人一步步的走到X夫人身後，在沙發上坐了下來。

「你還沒回答我的問題。」X夫人轉了過來，一個穿著黑色西裝、臉上戴著黑色半臉鐵面具，且全身散發強大鬥氣的男人，微笑的看著她。

X夫人被這個男人所擁有的不尋常氣息給震了一下，雖然不明白這男人的來歷，但她心裡清楚這男人在他自己的領域所扮演的角色，一個王者。

因為這男人給她的感覺，跟異王像極了。

「我來自我介紹一下，我叫做 Satan，是國際黑道聯盟，HELL 的主宰。」Satan 慢條斯理的拿出雪茄，點了火。

「你的名號早已在黑暗世界裡如雷貫耳。」X夫人勉強的擠出了點僵硬的笑容。

「這也是我所希望的，因為有這樣的規模，才足以跟國際刑警組織 ICPO 制衡。」

「像你這樣的大人物，為什麼會跑到我這裡來？」X夫人問。

「很簡單，我是要來給妳一個預言的。」Satan 說。

「預言？什麼樣的預言？」

「一個死亡預言，最快明天，ICPO 和 FBI 將會攻進這裡。」Satan 用沒有拿著雪茄的左手指了指地板，說：「而你們X夫人殺手組織，將會就此滅亡。」

「我的組織力量雖然沒有非常強大，但是不可能輕易的就被 ICPO 給攻下來的，因為……」

「因為還有樓上的 KH 和 Death 兩人，是嗎？」Satan 接過X夫人的話。

「你怎麼會知道他們在我這裡？」X夫人驚訝。

「在這世界上發生的所有事情，我每一件都知道，因為我跟妳是不同層級的人；

硬要加以解釋的話，就是，我屬於推動者，而妳只不過是順從者。」Satan說。

「你這句話是什麼意思？」X夫人從椅子上站了起來，她對Satan說出來的話難以相信，也非常的憤怒。

「Satan！」正當Satan再想說什麼話的時候，在閣樓上、剛好從房間走出來的KH看到他坐在大廳裡，忍不住喊了出來。

「我該走了。」Satan把雪茄熄在菸灰缸裡，整了整西裝的領子，站了起來。

對KH笑了一笑，Satan一步步的走向門口。

「別想跑！」KH右手抓住閣樓的欄杆，縱身一跳，落在大廳裡面，接著他跑向正想開門出去的Satan，出手就是一踢。

重重的一腿襲向Satan，他不慌不忙的轉身，不躲開也不故意被攻擊，他只是伸出了他的手，輕輕鬆鬆的接住了KH的一腳。

「出手好像不夠重呢。」Satan說。

「那這個怎麼樣？」KH以被抓住的腳為軸心，抬起另一隻腳，朝Satan的臉踢了過去。

又是一個重擊，這次的踢擊踢中了Satan的臉，他臉上的面具也被踢歪了一點，露出了面具裡面，那可怕的傷痕。

看到這傷痕的 KH 愣了一下，這時 Satan 用手把面具扶正，然後他放開抓著 KH 的手，重重的給了 KH 一拳。

「呃啊！」KH 被這一拳給打飛，狼狽的直接摔在大廳的沙發上，隨即昏死了過去。

「愚蠢……」Satan 把頭轉向Ｘ夫人，說：「任何人都改變不了Ｘ夫人覆亡的命運，準備迎接組織的末日吧！」說完他把門打開，走了出去。

「怎麼會……」Ｘ夫人憤恨的捶了一下桌子，菸灰缸從桌上翻了下來，並且掉出兩只信封，一白一紫。

Ｘ夫人看了看，打開了寫著「Ｘ夫人收」的白信封，裡面有一張卡片，上面寫著：「我無法改變你們滅亡之命運，但我可以替你們報仇。」

而另一只紫金色信封，上面寫著「望月昌介收」，信封背後還用中間有「Ｓ」字樣的黑色蠟印密封。

「也好……讓你們瞧瞧黑暗世界裡，最強黑道勢力的力量。」Ｘ夫人翻轉著紫金色信封，而那隻拿著白信封的右手，緊緊的握著。

隔天清晨，在X夫人的堅持之下，Death 一頭霧水的帶著受了不小內傷的 KH，還有紅蓮及萬相，離開了X夫人總部。

沒有任何徵兆，沒有絲毫的緊張、心情浮動，X夫人依舊坐在壁爐前，迎接毀滅前的夕陽落下。

「都準備好了嗎？」望月帶著一批警力，還有幾個 FBI 的探員，集結在X夫人總部的樓下。

「隨時可以行動。」從日本調過來，負責帶領小隊的各個小隊長異口同聲的喊著。

望月點了點頭，拿出無線電對講機，按下了通話鍵說：「子紹，你和 Light 那邊的情況怎麼樣？」

「我們觀察了很久，沒有任何異動，你們隨時都可以攻上去。」站在對面大樓用望遠鏡看著總部的子紹說。

「OK，各小隊行動！」望月放下無線電，對大家揮了揮手。

「是！」警隊所有人拿出手槍，上膛之後往大樓衝進去。

「你們也上去吧！萬事小心。」站在望月旁邊的艾倫對其他的 FBI 探員說。

「我們知道了。」FBI探員們也把手槍上膛，跟在警隊後面進了總部。

所有人分成兩組，警隊沿著樓梯一路往上走，而只有五個人的FBI探員坐著電梯，分成兩路來到位在七樓的總部，但他們兩方一路上都沒有遇見任何殺手守著門，這點讓他們感到奇怪。

等到FBI看見警隊毫髮無傷的從樓梯走上七樓之後，他們才發現事情有點不對勁。

「頭子，有點怪怪的。」負責指揮警隊的小隊長拿起無線電呼叫望月。

「怎麼了？」望月說。

「我們和FBI探員他們兵分兩路上來，但我們一路上都沒有遇到任何殺手守衛，是不是她們準備設下陷阱？還是她們早就已經撤離了？」

「不可能，子紹和Light還有F觀察了很久，絕對沒有一群人大量撤離那棟大樓的情形發生。」望月放開通話鍵想了一下，然後又按下通話鍵說：「我和艾倫現在馬上上去，你們先不要有任何動作。」

「我知道了。」小隊長把無線電收進口袋，看著大家說：「望月警官和艾倫叫我們先不要有任何動作，等他們上來再說。」

「是。」警隊所有人收起了手槍，FBI的五名探員也點了點頭。

13

「頭子。」電梯打開，小隊長對望月點了點頭。

「現在什麼情況？」望月問。

「一點動靜都沒有，從門邊聽得到裡面傳出來的一點呼吸聲，和一些細碎的講話聲，可以得知裡面有很多人，但不知道為什麼完全沒有人走出來或是對我們發動攻擊。」小隊長說。

「哦？看起來不想做無謂的抵抗，而是想直接束手就擒呢！」拿出菸盒點了根香菸，望月走向前去把門打開。

一打開門，大廳的壁爐依舊燃燒著，沒有任何燈光，屋裡只有火光搖曳著，將背對著所有人的X夫人的影子，照得更顯哀戚。

數十名女殺手站在一旁低頭不語，對於這些已經殺到門口的警察還有FBI探員們，她們更連一點敵意的殺氣都沒有。

簡直就像是，知道自己大限已到，準備束手就擒。

「妳就是X夫人？」望月走近X夫人的身後。

「我是。」X夫人從容的抽著細菸斗，慢慢的轉了過來。

「妳在耍什麼花樣？」望月把雙手放在X夫人所坐的躺椅的椅背上，看著X夫人說。

「你沒看到嗎？我們正等著你抓呢！」X夫人笑了一笑。

見到X夫人如此的從容，不知道為什麼的，望月心裡卻連一點X夫人想使詐的念頭也沒有，他把右手放在額頭上，閉上眼睛思考了幾秒鐘。

「帶走。」望月說。

「頭子。」小隊長有點擔心的說。

「我說帶走，看她能使什麼花樣。」把香菸送進嘴邊，望月右手插著口袋離開，留下一群面面相覷的警隊，還有FBI探員。

「等一下。」當望月走到電梯前的時候，X夫人突然叫住了他，並離開了躺椅，一步步的走向望月。

「站住！不准動！」小隊長擔心X夫人想對望月做出什麼事，急忙舉起手槍對準了X夫人，其他人見到他的動作，也紛紛的舉槍對著她。

「把槍放下。」望月轉了過來，走向正接近他的X夫人說：「妳還有什麼遺願嗎？」

「你們不用怕我使詐，因為在你來之前，已經有一個人勸我不要抵抗，乖乖的束手就擒。」X夫人走到望月面前，又吸了一口細菸斗，說：「他說這是命運，就算再怎麼抵抗，也是無法改變的事實。」

「哦？我倒想見識看看是什麼人可以說服妳，畢竟一個堂堂的殺手組織首領，會因為一個人的幾句話就甘心斷送整個組織的生命，那這個人一定非常的不凡。」望月對X夫人笑了一下，吸了一口香菸。

「他的確不凡，因為他是你們國際刑警組織ICPO的剋星。」X夫人從口袋裡拿出了紫金色的信封，交給了望月。「他是HELL的Satan。」

聽到X夫人這麼說，望月愣了一下，沒想到這件事會有HELL勢力的介入，抓著紫金色信封的一角，望月開始想著，HELL到底是什麼樣的組織？而他們的首領Satan到底是什麼樣的人？是否真如警視廳警視總監所說的，是一個深不見底的恐怖人物。

「妳說完了嗎？」望月深深的吸了一口氣，看著X夫人說。

「我說完了。」X夫人說。

「很好，所有人把裡面的人，包括X夫人全部上手銬，帶到最近的警局，過幾天再把她們遣送到ICPO的國際刑事法庭，就這樣。」接著望月轉向站在門邊的艾倫說：「艾倫，我們先下去對ICPO和你的長官匯報吧。」

「好。」說完，艾倫跟著望月進了電梯。

「欸，你不覺得很奇怪嗎？」才進電梯，艾倫就拍了拍望月的肩膀，擔心的問著他。

「奇怪什麼？」望月問。

「怎麼會這麼剛好在我們要來抓她們的時候，HELL就介入了這件事，還叫她們乖乖的讓我們抓，你不覺得事有蹊蹺嗎？」艾倫把雙手交叉，放在胸前，開始思考著。

聽到艾倫這麼說，望月只是輕輕的笑了一笑，然後拿出剛才X夫人交給他的紫金色信封，打了開來。

信封被打開之後，裡面只有一張燙金的卡片，上面寫著：

Dear もちづき：

Welcome to HELL.

Satan

接著望月在卡片背面看見手寫的「紐約三一教堂」，他輕笑了一下，然後把卡片拿給艾倫看。

「這是什麼意思？」艾倫問。

「很簡單，就是HELL的首領要見我的意思，雖然還不到時候，不過先給他來個下馬威，讓他見識見識正道力量的厲害。」望月堅定的說，手心卻因為緊張而微微冒著冷汗。

「我先走了，X夫人剩下的事情就交給你負責。」跟艾倫說完之後，望月打開了車門，進了車子。

轉了鑰匙之後，車子的引擎發動，車尾的排氣管也因為天氣太冷，而吐出了灼熱的白煙。

「你真的打算一個人去面對他？」艾倫敲了敲車窗，對坐在駕駛座的望月說。

「他約的人是我，我不去面對誰要去？」望月搖下車窗說。

「你有沒有想過，他是什麼樣的人物，你這一趟去能不能回來都還不知道，萬一回不來了，等於你對付不了他，到時候他乘著這股氣勢會做出什麼事，誰也不知道。」艾倫臉色凝重的說。

「我知道，所以我更要一個人去面對他。」望月點了根香菸。

「什麼意思？」

「如果今天我帶了一大堆人去找他，還是難保不會被他給殺了，那他依舊會做出我們所擔心的事，既然我一個人去和我帶很多人一起去，結果都是一樣的，那我少帶一個人去，不就會少一個無辜被我帶下地獄的冤魂嗎？」望月說。

「你這樣說也對，但是……」

「望月警官！」艾倫的話才說到一半，後方傳來子紹叫喚望月的聲音，兩人朝著聲音傳來的方向看去，子紹正跟Light和F，一起朝停車場走了過來。

「望月警官你要去哪裡？」子紹走到車旁，看著望月問。

「去見一個人。」望月說。

「見誰？」隨後跟上的 Light 問。

「Satan。」

聽到這個名號，子紹三人一驚，而子紹更是緊緊的抓住了車窗的邊框，阻止望月去見 Satan。

「放手。」望月說。

「你一去見他一定會死，我不會讓望月警官去送死！」子紹大喊。

F走向前，站在子紹的旁邊對望月說：「我同意子紹所說的，他找你去一定沒有什麼好事，如果你真的要去，我們現在可以馬上調來附近所有的警力，將他——」

「住口！」望月打斷了F的話。「這是我的決定，是生是死我早就有預感，況且……」

望月拍拍子紹的肩膀，說：「況且我這趟去並不想跟他起任何的衝突，我只是想跟他談談，所以我才不想帶任何人去，我不想讓他誤會，他是一個聰明人，也是黑暗世界的王者，我想他不會連跟我談談的面子都不給我的。」

「但是……」子紹欲言又止的看著望月。

「我知道你擔心我，放心，我說要提拔你就一定會履行承諾，在我還沒看見你成為首屈一指的世界警察精英之前，我是不會這麼快死的。」望月對子紹笑了一笑，然後慢慢的拉上了車窗，開車離去。

「放心吧！望月警官做事有他的分寸，我想他不會輕易的讓自己陷入危險之中的。」艾倫在望月開著車離去之後，拍了拍子紹的肩膀說。

只是子紹的第六感，此時卻已預告出最令人不願見到，望月的終幕。

14

「說真的，這件事你怎麼看？真的會像望月警官所說的，Satan 會就這樣坐下來跟他談談嗎？」離開停車場的路上，F 問著 Light。

「不會。」Light 拿出菸斗點了火，抽了一口說：「八成會被殺。」

「那我們……」

「去幫忙？別傻了，這是他們警察與黑道之間的事情，我們管不著，也不能管，別忘了我們的身分，我們偵探如果太急著參與某一件事情，就會深陷其中無法自拔，就像那小子一樣。」Light又吸了一口菸斗，接著吐出了濃濃的白煙。「如果那樣的話，到時候我們一定會被牽扯進去的。」

「所以我們該當個旁觀者？」F問。

「不，我們是情報提供者，也是專門幫別人動腦的人，如果他們已經決定了某些事，那麼結果是好是壞，都不是我們能夠去插手或影響的，何況我覺得望月他早就該被終結了。」

「什麼意思。」F停下了腳步。

「人事物，都有它的期限所在，不管是生命也好，事情也好，當一個人走到他的期限的時候，他就應該收手，如果像望月昌介這樣，不想把逮捕KH事情鬆手交給別人去做，只是自己拚了頭硬幹，就會像這樣鋒芒畢露，招致毀滅。」Light深深的吸了一口氣，說：「所以我們幫到現在，也該收手了，不然我們就會像望月一樣，自取滅亡。」

「也對，我們現在還得注意那小子呢，聽說他昨天晚上從紐約警局的監守所逃出來了，現在人也不知道跑到哪去。」F搖搖頭。

「唉呀！你怎麼露出戰敗的表情呢？『一個人去了哪裡、做了什麼，都一定會留下痕跡，只要跟著痕跡走，最後一定會讓他無所遁形。』我記得這是你告訴我的呢！

不是嗎，國際刑警組織 ICPO 特聘首席尋人偵探F？」Light 微笑著，看著F說。

「沒想到你還會用我說過的話來挖苦我。」F輕輕拍了一下 Light 的肩膀，和他一起離開了停車場。

望月的車子慢慢駛近了三一教堂門口，夜晚的三一教堂，看起來沒有絲毫莊嚴肅穆的氣息，不知怎麼的，此時在他眼裡的三一教堂，充滿了惡魔散發出來的強烈黑氣。

「所以我說我不喜歡教堂，看起來詭異得要命……」望月故作鎮定的喃喃自語著，一邊把車停好。

下了車，望月把放在副駕駛座置物櫃裡的手槍拿了出來，放在自己西裝的暗袋裡，然後一步步的走進三一教堂。

好不容易克服心中不斷湧現的恐懼感，走到禮拜堂外大門前的望月，卻在手放到大門手把上的時候，原本那想把門推開的念頭突然消失無蹤，因為他感覺到那股來自地獄深處，灼熱的可怕黑氣，已經把他推開門的勇氣，全部拋向不知何處的黑暗裡。

正當望月還站在門外猶豫不決時，門突然被打了開來，一個面無表情的亞洲男子看著望月說：「首領已經等你很久了。」

男子引領望月進到禮拜堂，他見到一名牧師和一名身著黑色西裝的男人，坐在教堂最前排的椅子上正在交談。

「請。」亞洲男子領著望月繼續向前進，這時坐在前方的牧師轉過頭來，看見了望月，便起身向男子點了點頭，朝一旁的小門離開。

「那男人應該就是Satan不會錯了。」望月心想，慢慢的走到他身旁的椅子上坐了下來。

「Blood，你先下去吧！」對亞洲男子揮了揮手，等到Blood離開禮拜堂之後，接著他轉了過來對望月說：「初次見面，我是Satan。」

「我知道你是誰。」望月從口袋裡拿出菸盒，點了根香菸。

「你的表情看起來很從容，但你的心……」Satan搖搖頭，站了起來，背對著望月背著手，望著禮拜堂前的基督像。

「本來我可以不來的，但我必須跟你談一談。」望月吸了一口香菸。

「談？談什麼？原本想來向我示威的你，原本還有那個氣勢跟我談談的，但是從你一接近這個教堂開始，恐懼慢慢的爬上你的心頭，現在的你別說跟我談了，連跟我面對面正常說話都是問題。」Satan說。

「或許吧！但是我還是要讓你理解一件事，就是這世界正邪不兩立，總有一天，我會親手把你們 HELL 組織殲滅。」

「就像你收拾X夫人這樣？」Satan 問。

「我知道那是你搞的鬼。」

「沒錯，但我已經讓她知道世界運行的法則。」Satan 往前走了幾步，伸出了手，輕輕拂過椅背，說：「她似乎明白了。」

「所以才讓我這麼輕鬆的抓她？」望月問。

「沒錯。」Satan 轉了過來，充滿強烈鬥氣的雙眼直盯著望月看。「但你，卻一點都不明白。」

望月被 Satan 突如其來的一望給震懾住，除了那發出強烈鬥氣的雙眼之外，全身上下就像是被團團狂霸的黑氣包圍的 Satan，讓望月瞬間無法動彈，連拿起香菸再抽一口的力氣都好像消失了一般。

「你這句話是什麼意思？」望月強忍著發抖的雙唇，問出了這句話。

「什麼意思？好，就讓我來告訴你。」Satan 坐了下來，雙手交叉擺在胸前，看著眼前的基督聖像說：「這世界運行的法則，不外乎兩個字：平衡。」

「平衡？」

「正是平衡，這世界就像天秤，而正邪就站在天秤的兩端，必須互相制衡，才能取得整個世界的平衡狀態。」Satan 吸了一口氣。「你，是一個能力很強的警察，解決事情也很有手段，但你的心態相當不可取，你一心想要摧毀這世界的黑暗勢力，卻沒想到光明必須與黑暗並存這個重點。」

「換句話說，有你望月昌介存在的一天，這個世界絕對不會走到平衡狀態，你，就是招致這世界毀滅的不定時炸彈。」Satan 轉了過來，惡狠狠的瞪著望月。

「這只是你想作惡的藉口。」望月說。

「你什麼都不懂……」Satan 嘆了口氣，說：「你不配生存在這個即將走向平衡狀態的世界，可惜。」

Satan 看著望月，慢慢的站了起來。

「你想做什麼？」望月看著眼前，像巨人一般的 Satan，緊張得連呼吸都越來越急促。

「清理垃圾。」Satan 一步步的逼近望月。

「做得到的話就試試看吧！」望月抽出暗袋裡的手槍，上了膛之後就是連扣扳機，禮拜堂裡頓時發出震天欲聾的槍聲。

「發生什麼事？」聽到槍聲的牧師們停止了禱告，紛紛跑出房間，想進去禮拜堂一探究竟。

只是當他們走到通往禮拜堂的小門前時，卻看到 Silver 擋在門前，對他們搖搖頭。

「這是耶和華的旨意。」Silver 說。

望月的雙腳脫力的跪了下來，Satan 放開了左手，幾個彈殼從他戴著鋼製手套的掌心掉了下來，在地上發出了清脆的響聲。

「你接下來想幹什麼……毀滅全世界的正道力量？你這個……惡魔……」望月嘴角不斷冒出鮮血，使盡全力的伸出手，抓住 Satan 的西裝衣角。

Satan 俯視著他，搖了搖頭，說：「光明與黑暗只能平衡，看來你連我跟你講了之後都還想不通。」

接著 Satan 右手往前揮了一拳，打在望月的胸口，清楚的發出了骨頭折斷的響聲，而望月也瞪大了眼睛，倒了下去。

沒有再多一秒的掙扎，沒有再多一句的對話，望月就在失去吸進下一口空氣的力氣之後，也失去了他的生命。

「果然，留著你是後患無窮的，希望你教出來的徒弟劉子紹，能夠走向跟你完全不一樣的路。」Satan伸出手把望月的眼睛闔上，接著轉身離開了禮拜堂，消失在門外街道上的層層白雪中。

15

隔天一大早，望月的屍體在禮拜堂被其他牧師發現，消息一散佈出去之後，在國際刑警組織引起軒然大波，各國媒體也紛紛跑到位於東京的警視廳裡，希望得到警視廳警視總監口中的一點新消息。

「長官，門外又有媒體了，該怎麼辦？」一名刑警慌慌張張的跑進警視總監的辦公室問。

「該死……沒想到望月追捕HELL不成，還丟了自己的性命，這下我是該怎麼交代才好？還有日本警察的未來，該怎麼辦……」警視總監皺著眉頭不斷思考，絲毫沒有注意到剛才那名刑警所說的。

「警視總監？」那名刑警又叫了一次。

「呃，抱歉抱歉。」警視總監深深吸了一口氣，站了起來說：「準備召開記者會，我要向大眾說明這件事。」

「長官的意思是，要公佈望月警部的秘密任務是嗎？」他問。

「我只是把該交代的事交代完，免得讓社會大眾胡亂猜測，壞了警視廳的威名。」警視總監說。

「是！我馬上去準備。」說完之後那名刑警轉身離開了警視總監的辦公室，警視總監則拿起了一根香菸，點了火。

兩個小時之後，記者招待會在警視廳樓下會議室展開，來自各界的媒體記者紛紛拿著照相機、攝影機，還有錄音機蓄勢待發，畢竟一名國際刑警在國外被殺可不是一件小事，大家屏息以待，準備從警視總監口中問出真相。

過了一會兒，警視總監從一旁佈滿了重重警力的門口走了進來，臉色凝重的他看不見面對媒體時會有的從容表情，沒有多餘的動作，他只是在警察的保護下慢慢往前移動，然後在會議桌中間的位置上坐下。

「各界媒體朋友可以提問了。」警視總監說。

「聽說這次望月刑警會殉職，是跟他秘密的追查黑道組織有關是嗎？」一名年輕的女記者站了起來對警視總監提問。

「是。」警視總監無奈的回答。

「那他追查的到底是什麼樣的黑道組織呢？」另一名記者發問。

「這是警察的高度機密，無可奉告。」

「是什麼樣的黑道組織敢殺了在國際上享有威名的望月刑警呢？」

「擁有『日本警察之星』之稱的望月刑警被黑道殺了，會不會讓你們警視廳蒙羞呢？」

「你們有沒有打算找誰替代望月刑警繼續這個任務呢？如果有，怕不怕他也遭到跟望月刑警一樣的下場呢？」

「你們警視廳是不是打算因為望月刑警這次的失敗，就會放棄這個秘密任務呢？」

「有沒有……」

「……」

媒體你一言我一句的瘋狂對警視總監發出問題，讓他一時無法招架，只能一直用無可奉告來搪塞媒體，匆匆的結束了這次的記者招待會。

「真是的……當初說要抓 KH，結果害得自己丟了性命，現在搞不好連我們都會被 HELL 給盯上，你說該怎麼辦？你這個笨蛋！」大衛．韋恩用力的敲了一下桌子，指著正在播放國際新聞的新聞台，對艾倫大聲叫罵。

艾倫低著頭不敢看他，只是緊張的說：「不會的，長官，他們沒有這麼大膽敢動我們 FBI，畢竟我們是——」

「是什麼？」一個沉穩又充滿壓力的聲音從門外傳來，兩人不約而同的往辦公室的門口看去，只見一個身材高瘦、全身充滿冰寒之氣的亞洲男子轉開了門把，慢慢走了進來。

「你、你是誰？」大衛緊張的問。

「你是怎麼進來的？這裡可是 FBI 最高長官的辦公室啊！外面、還有總部的大門口應該……」艾倫話才說到一半，他就從男子身後半開的門縫，看見一群探員倒在外面。

「放心，基於光明與黑暗平衡原則，所以我沒有殺了他們，只是將他們給迷昏了，我真正要殺的人，是你們兩個。」男子指著大衛和艾倫說。

「你……」大衛迅速的從抽屜裡拿出一把左輪手槍，對著眼前的男子扣下扳機，但男子從容的把頭一偏，輕易的躲開了子彈。

「我叫做 Blood，來自 HELL。」Blood 雙眼直視兩人，既恐怖又讓人感到不寒而慄的冷冽眼神，向兩人襲來。

沒有慘叫，只有兩聲悶哼，大衛・韋恩和艾倫就已經瞬間變成了兩具屍體。

「首領，辦妥了。」Blood 拿起電話，撥給了 Satan。

「很好，辛苦你了，先回來吧。」Satan 說。

「是。」Blood 掛上電話，把雙手插進口袋裡，就像融入屋外白雪那樣的，消失在 FBI 總部。

「那個笨老太婆到底在幹什麼？明明知道要被抓，還乖乖的在那邊等他們來？她的腦袋是不是出問題啦？」KH 煩躁的在飯店房間裡來回踱步著。

「我想這件事，應該是 HELL 一手策劃的，你看。」坐在電腦前的 Death，從傳真機上撕下一張紙，遞給 KH。

KH 接過紙一看，看見紙上印的，竟是和 Satan 當初發給他時一模一樣的追殺函，只是這次的署名收件者是望月。

「你從哪裡找到這個東西的？」KH 問。

「是剛剛有一個匿名者傳給我的，我也查不出他是誰。」Death 攤攤手，在椅背上躺了下來，這時傳真機的電話突然響起，KH 就像觸電似的跑了過去，一把就把正要接電話的 Death 的手給撥開，然後把話筒拿了起來。

「喂！」KH 接起電話說。

「嗨！笨蛋殺手獵人，過得還好吧！」電話另一頭傳來風宇的聲音。

「果然是你，你現在人在哪裡？」KH 問。

「我？我已經離開美國了，現在在這裡……我看看，好像叫戈亞尼亞，在巴西裡面唷！哈哈哈！厲害吧！」風宇開朗的大笑。

「為什麼要跑去那裡？」

「你是笨蛋啊？我回去不就又被 ICPO 抓回去了嗎？雖然我已經答應他們不會再幫你了，但是他們還是要找我回去 ICPO 裡面幫他們做事，我才不幹呢！我比較喜歡自由自在的，所以我就偷跑啦！哈哈哈！」

「乖乖的回去那邊幫他們不是比較好嗎？」KH 沒好氣的說。

「我才不要呢！我比較喜歡做自己想做的事，誰想回去讓別人管啊？況且我看到那些國際刑警的嘴臉就討厭，更不用說那兩個令我反感的偵探了。」

「好吧！你決定好了就好，自己小心。」KH 說。

「你才應該小心！我都查到了，最近 HELL 那邊動靜不小，除了昨晚殺了望月昌介之外，剛才還有人闖進 FBI 總部殺了最高長官和一名探員，他們行事這麼狠毒，又不把執法人員放在眼裡，你要多多注意。」風宇用叮嚀的口氣對 KH 說。

「我早就做好死的準備了。」KH 吐了口氣。

「別這麼喪志，別忘了你還有萬相，她還需要你，還有啊……」風宇說到一半，電話裡突然傳來吵雜的雜訊聲，接著電話就斷了。

「喂！真是的……」KH 嘆了口氣，把電話掛上。

「是風宇嗎？他說了什麼？」Death 問。

「他說望月昌介，還有 FBI 最高長官都被 HELL 給殺掉了，叫我萬事小心。」

KH 拿出菸盒，點了根香菸。

「那個小日本？還有 FBI 最高長官？他們真的很大膽啊……」Death 把右手放在下巴上，食指輕點著嘴唇開始思考著。

「看來事情的變化越來越劇烈，我們也該動身了。」KH 吸了一口香菸，吐出濃濃的白霧。

「動身？你是說回台灣嗎？」Death 問。

「沒錯，有些事情是要弄清楚的，所以我要回去找那個臭老頭問個明白。」KH說。

「你不怕他殺了你？」

「怕，但什麼都不做一樣是死，所以我要賭一賭。」KH閉上了眼睛，深深的吸了一口氣。

「看來今年的聖誕節會過得很不平靜。」Death看著窗外緩緩飄下的白雪說。

「聖誕節？」KH問。

「對啊！後天就是聖誕節了你不知道嗎？」Death指著電腦顯示出來的日期。

「呵，聖誕節又怎麼樣？我自從當了殺手，又變成殺手獵人之後，就沒有想過要過聖誕節了。」KH又吸了一口香菸。

「那是因為你每年都是一個人，所以沒有心情過聖誕節，可是今年不一樣囉！」Death說。

「怎麼個不一樣法？」

「這次你有萬相啊！如果這次回去真的無法確定生死，倒不如先好好的跟她度過一個最難忘的聖誕節，至少在你失去生命的時候，才不會感到遺憾，不是嗎？」

Death笑著，拍拍KH的肩膀，起身離開了房間。

看著 Death 離開，KH 轉頭望向下著白雪的窗外，一團又一團的白色結晶緩緩飄落，此時卻給了 KH 一種放鬆的感覺。

「聖誕節啊……」KH 微笑，又吸了一口香菸。

聖誕驚魂，鬥獸海格力斯之章

1

傳說世上最神秘的殺手組織，異界，成立一百五十餘年，麾下眾殺手滲透進全世界各單位、遍佈在世界各地，堪稱是最巨大的殺手組織，也是最讓國際刑警頭痛的可怕犯罪集團之一。

異界裡的殺手個個擁有其特殊的能力，他們善用他們的天賦，不斷替異界拓展他們在地球上的版圖，而異界的殺手也最讓殺手界聞之色變。

事實上不只是殺手界，連全世界的黑道、警察，甚至是間諜及特務，聽到異界殺手的名號也要退避三分。

異界殺手的恐怖，不可能單單只用想像的就能夠清楚的了解，只要被他們盯上或是與他們交手，絕對會充分享受完他們所賜給你的極度恐怖之後，才會失去生命。

一直以來，除了異界殺手及異界的主宰——異王之外，都沒有人能查出異界總部所在的確切位置，除了一個人……

俄羅斯首都，莫斯科。

歷史悠久、現今已經成為博物館的前蘇聯執政中心克里姆林宮，一如往常的寂靜，坐落在莫斯科，出入克里姆林宮的人也都很普通，頂多是想來參觀沙皇時期的文物，也許看著這棟建築，回想第二次世界大戰時，蘇聯那最強大的巔峰時期。

但是誰也想不到，在這座歷史悠久的克里姆林宮的地下室裡，卻是有史以來最強大、最神秘的殺手組織，異界的現今所在地。

地上和地下的世界截然不同，出入的全都是奇裝異服、怪模怪樣的男男女女，他們在偌大的異界總部裡來來去去，有人忙著接單、有人悠閒的在走廊睡覺，還有人正在調戲組織裡的美豔女殺手。

「聽說異王大人回來了呢！」一個留著龐克頭的少年，雀躍的跑向一旁對著蹲在總部大殿地上、用黑色斗篷遮住自己的男子說。

「是嗎？」男子抬起了頭，看著他問。

「欸！你說異王大人回來了是真的嗎？」一名穿著紫色皮衣，全身都是刺青的女人走了過來。

「當然啦！我剛剛在外面看見異王大人的專用車，從地下通道開進來了，除了異王大人之外，還有誰有資格坐那部車子啊？」龐克頭少年一臉不屑的說。

「如果是那部車的話，那的確是異王大人沒錯，希望你的眼睛不要看花了，不然我的毒爪，就會挖下你這隻龐克變色龍的眼珠子！」女子伸出右手食指，做出要挖他眼睛的動作，少年嚇了一跳，向後一跳，瞬間消失不見。

「躲得真快啊！里格勒茲！」女人說。

「廢話！不然我怎麼叫變色龍？躲得不快被妳那爪子抓到我不死也半條命了，毒爪女，妳自己說對不對啊？」里格勒茲的聲音從毒爪女身後傳來，接著他從頭開始，慢慢的回復了原來的顏色。

「算你識相。」毒爪女收起了她的手，放進口袋裡。

「自從影鬼二副尊大人去了美國，被殺手獵人 KH 殺掉之後，組織裡也少了個異王大人的傳聲筒，現在，也該是大人該回來重整組織的時候了。」男子站了起來，把斗篷揮開，露出斗篷下那有如骷髏的蒼白面容。

「欸，死神，我不是很想看到你那張會讓我吃不下飯的臉耶！你可以把臉遮起來嗎？」里格勒茲對死神做出遮臉的動作，死神瞪了他一眼。

「我終於知道，為什麼毒爪女會想殺你了。」死神拿起不知道什麼時候放在他身後的大鐮刀，看著里格勒茲說。

「開玩笑的嘛！別在意，別在意！哈哈哈！」里格勒茲乾笑了幾聲，連忙退後了幾步。

「安靜！」大殿中央走出一個穿著長袍的老者，用著極為宏亮的聲音，叫停了所有人的動作。

「恭迎厄爾尼諾大副尊大人！」所有人見到老者隨即單膝半跪在地上，並雙手合十。

「今天，我要宣佈一個好消息和一個壞消息。」厄爾尼諾走向前方，看著所有人說：「壞消息就是我們組織的二副尊，影鬼，在紐約被殺手獵人KH給終結了。」聽到這個消息，所有人露出驚訝的表情，除了少數幾個早已知道這件事的殺手之外，其餘的人開始互相竊竊私語。

「閉嘴！是不是想去陪二副尊？」厄爾尼諾生氣的大喊。

「屬下不敢。」所有人低下頭，不敢再說第二句話。

「我還有一個好消息，就是聽到這個消息的異王大人，已經從美國趕回來這裡了。」厄爾尼諾轉身看著後方，說：「恭迎異王大人！」

「恭迎異王大人！」所有人從單膝跪地變成雙膝跪地，並把雙手及額頭貼放在地上。

這時大殿後方傳來的腳步聲，眾人聽到這並不像以往異王所擁有的沉穩腳步聲，這聲音甚至比厄爾尼諾走得還要緩慢且輕，於是大家紛紛抬起頭看，看到的卻是一個從未見過的老者，面帶陰邪的微笑向大家走來。

「你是誰？你不是異王大人！」一名殺手驚訝的站了起來，其他殺手也紛紛站了起來，一步步的往前走，慢慢的靠近站在老者前面的厄爾尼諾。

「站住！放肆！」厄爾尼諾這次用了堪稱恐怖的音量大喊著，這種常人無法接受的分貝，令人很難以相信，竟然是像他那樣的老人所發出來的，甚至還有幾個殺手支持不住，當場七竅爆出鮮血，當場昏倒。

幾個被影響較少的殺手不敢再繼續向前進，只有三個完全不受到影響的殺手，依舊慢慢的走到厄爾尼諾面前，直盯著他看。

「宙斯、梅杜莎、黑帝斯，你們想幹什麼？」厄爾尼諾看著站在他面前的三名殺手說。

「我想要一個交代。」宙斯說。

「你要交代？」老者慢慢走到厄爾尼諾旁邊，並把厄爾尼諾輕輕推到一旁，獨自面對三人。

「老頭，我知道你叫做Ruse，七年前我見過你，你把異王大人怎麼了？」梅杜莎問。

「七年前就死了，我和影鬼殺的。」Ruse笑著。

「開什麼玩笑！」黑帝斯一把抓住Ruse的領子，卻在那一瞬間，他的額頭多了一個彈孔，身體也直直的落了下去。

沒有人知道子彈是什麼時候射出來的，在那個奪去黑帝斯生命的槍響傳出的同時，這個看似孱弱的老人身邊並沒有任何人掏槍。

直到黑帝斯倒地，才看見Ruse手上的那柄，槍口還在冒著白煙的左輪。

「這一代異王接任之後，我觀察了很久，他並沒有把異界推向另一個高峰的能力，但是我有，所以我殺了他，取代了他七年，然後讓影鬼成為我的傳聲筒，藉以統領異界。」Ruse說。

「你很聰明，也很笨。」宙斯把手插進口袋，說：「聰明的是你能夠殺掉異王大人，笨的是你竟然做了這種事之後還敢現身在異界，你根本是在找死。」

「你說得沒錯，我是很聰明，但你也錯了，我一點也不笨。為了能讓我自己安然無事的在異界出現，我可是佈局了七年之久，現在也是我該驗證一下，我的計謀到底高到什麼地步了……」Ruse 揮了揮手，這時超過三分之二的殺手向後退開，把剩下的一群不知道發生什麼事的殺手，以及宙斯、梅杜莎團團圍住。

「我計畫滲透異界之後，再控制異界這個計畫不止短短的七年，可以說從我開始知道有異界這個組織存在開始，我就開始準備要取代異王，統領異界了。」Ruse 笑著說。

「好樣的，竟然可以派這麼多人進來……」宙斯緊握著拳頭。

「好說，如果你想要跟他們硬幹、同歸於盡，而讓異界就此毀滅的話，我也不會阻撓你。」Ruse 把雙手背在身後，從容的看著宙斯。「不過我相信你是聰明人，不會這麼做的，是嗎？」

「……」宙斯一語不發，直瞪著 Ruse，好像在盤算著什麼。

「告訴你一個來自中國的諺語，叫做『識時務者為俊傑』。」Ruse 對著宙斯說。

「這是什麼意思？」

「當別人形勢比你強、力量比你強，而且還要求你臣服時，那你就必須要臣服。」

「憑什麼？縱使你比我強，但我們有我們的尊嚴，你這樣的威脅對我不管用！」宙斯向前站一步，展現出身為異界首席殺手的氣魄和尊嚴。

「你……」厄爾尼諾看不過去，就想上前降服這個不想投降的固執殺手，卻被Ruse伸手擋了下來。

Ruse面對著宙斯，他端詳著，思考著，早在他決定現身異界之前，就耳聞過這個忠心不二的殺手，他知道這個被異王養大的頂尖殺手，絕不可能如此容易臣服於他。

但是沒關係，因為他，總有辦法。

Ruse緩緩的走向前，臉上始終帶著微笑，來到了宙斯的跟前，對他說：「你很有種，我早知道我無法用言語說服像你這樣的人。」

「知道就快滾，別逼我殺你。」宙斯惡狠狠的瞪著他，殺氣隱隱迸發。

「可是啊……你知道蠱師嗎？」Ruse說。

聽到這個名字，宙斯好像明白了什麼，他抬頭往Ruse身後看去，只見一襲白袍的陰森男人正在看著他，然後他彈了一下手指。

宙斯瞬間感覺自己的肚子裡好像有東西翻攪不停，令他全身抽搐，雙眼瞪大，完全無法控制自己的身體。

「呵呵呵……哈哈哈！」宙斯大笑了起來。「老頭！你有一套！」

「那當然。」Ruse 對於稱讚，從來都是欣然接受。

額頭冒出冷汗，宙斯知道他肚子裡的東西是什麼，他也知道在這老人來到這裡之前，早就做好一切準備。

包括降服他在內。

宙斯無法動彈，覺得自己的大腦意識已經漸漸模糊，大量的資訊湧進他的腦中，卻都只有一個命令。

「服從 Ruse。」

其他人根本不知道宙斯發生了什麼事情，只見他全身僵硬不動，過了一會兒，他的右邊膝蓋慢慢曲了起來，直到單膝跪地。

宙斯單膝跪地，雙手、額頭貼放在地上，說：「我，異界殺手排名第一，天王宙斯，在此恭迎新任異王！」

而看到宙斯這麼做，包括里格勒茲在內，雖然不解，但眼前最強的殺手已經表示臣服，於是被包圍的其他人，也不得不跟著他一起跪拜，大聲齊喊：「恭迎異王！」

而俯視著異界百餘名殺手一起跪拜，Ruse臉上的笑容更加陰邪，嘴角也更加的上揚了。

2

「異王大人，接下來您想要怎麼做？」在騷動結束之後，厄爾尼諾隨著Ruse一起回到位於總部裡的異王專屬辦公室。

「我想……解決掉KH。」Ruse說。

「他不是異王大人您的武器嗎？怎麼會……」厄爾尼諾問。

「那已經是過去的事了。」Ruse在椅子上坐了下來，輕輕的靠在椅背上，說：「他已經開始反叛，甚至大膽到直接解決了影鬼，他已經失去控制，我不想留著他。」

「那，大人準備怎麼對付他？」厄爾尼諾走到Ruse的面前。

「普通的殺手拿他一點辦法都沒有，何況他已經接受過殺手獵人銀的洗禮，可以說是脫胎換骨了。」Ruse 把十指交叉放在下巴上，看著天花板思考了幾秒鐘，接著他望向厄爾尼諾說：「影鬼的死，絕對不是沒有意義的，因為他，讓我知道 KH 在對付異界殺手時有多麼無力。」

「所以大人才這麼趕著回異界嗎？」

「沒錯，只有直接在異界統治，才能做最好的應對。」Ruse 站了起來，說：「我要見一個人，還有做一件事。」

「大人請說。」厄爾尼諾鞠了個躬。

「人，我要見的是紅龍；事，我要打開『異冥牢』。」

「大人，要見紅龍是沒什麼問題，但是大人說要打開異冥牢，這……」厄爾尼諾面有難色的說。

「我想打開異冥牢，有什麼問題嗎？」Ruse 的眼神直盯著厄爾尼諾看，令他打了一個寒顫。

「沒、沒有。」厄爾尼諾低下了頭，說：「大人應該知道，異冥牢裡面關的都是犯過錯，或是不受控制的殺手……」

「我知道。」Ruse 說。

「不知道大人想打開異冥牢，難道是想用裡面的殺手對付 KH？」

「你很聰明，我止是要這麼做，而且我已經做好人選。」

「請問是……」厄爾尼諾問。

「海格力斯。」Ruse 冷冷的說。

異界大殿競技場。

一直以來，異界的競技場象徵的是殺手的最高願望：自由。

想要離開異界，回到普通人世界的殺手，可以在這個異界的聖地，與由異王所指定的殺手進行生死搏鬥，只要贏了，就可以離開異界。

只是一旦輸了，就是死路一條，兩方都是一樣。

異界成立一百五十餘年來，能成功在競技場獲得勝利，而離開異界的人微乎其微，因為他們面對的都是組織裡數一數二的最強殺手。

競技場，雖是自由之門，卻也是異界怨魂的集散地，他們為自我的自由而拚鬥，卻含恨殞落在這裡。

只因為，殺手浴血才能自由，這個黑暗的鐵則。

一群身著奇裝異服的異界殺手圍繞在圓形競技場的四周，已經數十年沒有開啟過的競技場，今天將有一場前所未有的戰鬥。

一名曾經背叛異界的殺手，想獲得贖罪不死的機會。

一名不受控制的殺手，想獲得離開異冥牢後的光明。

死鬥，就這樣一觸即發。

紅龍被一旁的異界殺手推上競技場的格鬥台上，站上格鬥台的他，看著台下不停歡呼的殺手們，他感到徬徨失措，因為他早已知道今天與他進行生死搏鬥的殺手，是被稱為異界猛獸的可怕殺手——海格力斯。

深深吸了一口氣，試圖來穩定自己的心情，這時他卻聽到一陣又一陣極為沉重的腳步聲，慢慢朝著他逼近。

當腳步聲移到格鬥台邊時，海格力斯偌大的身軀早已可以被看見。強壯且發達的肌肉，就像是電影裡的綠巨人浩克一般；兇猛且野性的眼神，就像是一頭見到獵物的雄獅一樣。

海格力斯一步步的走到台上，不時傳出令人聽到就害怕的沉重呼吸。此時的他在紅龍的眼中，已經是一道堅不可破的巨牆。

「你的事我聽說過，我今天可能真的要死在你的手上了。」紅龍看著海格力斯說，且苦笑了一下。

海格力斯嘴角上揚，一拳把他腳邊的地板打碎，然後望向紅龍說：「我要把你變得跟地板一樣。」

「戰鬥，開始！」和 Ruse 一起站在競技場最上層觀看台的厄爾尼諾大喊。

昨天晚上，異冥牢外大門。

「異王大人，厄爾尼諾大副尊大人。」守衛恭敬的對兩人鞠躬。

「把門打開，異王大人要進去。」厄爾尼諾說。

「這……」守衛愣了一下。

「難道連新異王大人的命令，你都不打算放在眼裡嗎？」厄爾尼諾稍微加大了音量。

「不敢，屬下這就把門打開。」守衛急忙的轉了過去，用一把足足有三根手指這麼粗的鑰匙，把笨重的大門給打開。

「請。」厄爾尼諾對 Ruse 說。

「嗯。」Ruse 走了進去。

幽暗詭譎的長廊，架著幾支火把，使長廊更顯得神秘恐怖，守衛領著 Ruse 和厄爾尼諾兩人走在長廊裡，不時還聽到長廊兩邊的牢房，傳出嘶吼及哀嚎。

「海格力斯被關在哪裡？」Ruse 問。

「再過幾個牢房就到了。」守衛繼續向前走，接著在一扇紅色的門前停了下來。

異冥牢裡面所囚禁的是犯了異界條規的殺手們，因為罪不足以處死，所以用許多方法將犯錯的殺手關在這裡，且因危險程度分為四種等級。

幾乎沒有威脅性，只是因能力不足而被組織放棄的殺手被關在白色門後。

同樣被組織放棄，但早期為組織立下功勞的殺手被關在灰色門後。

很有能力，但自主性太高、不受組織控制的殺手被關在黑色門後。

但長廊最後面幾道，少數的紅色之門裡，所囚禁的就是能力居異界之冠，但曾因為某個事件，導致全體被組織抓住，最可怕的危險殺手們。

守衛打開了紅色的門，門內是一個由重重鎖鏈所禁錮，且身上插了好幾條點滴管的沉睡野獸。

「異王大人，這就是海格力斯。」厄爾尼諾說。

Ruse走向前，仔細端詳了一會兒沉睡著的海格力斯，說：「原來如此，光是這幾條粗得不像話的鎖鏈還不足以把他關在這裡，還要用這麼多的麻醉劑，才可以讓他安靜是吧？」

「異王大人果然厲害。」厄爾尼諾點了點頭。

「肌肉激增症候群，一種醫學歷史紀錄只有十例的極為特殊疾病，患有此病的患者，力量據說是常人的十倍以上，而且幾乎不會感到疲勞，痛覺忍受度也比一般人大得許多。」Ruse抓著海格力斯的下巴，說：「只聽說在第二次世界大戰時，蘇聯曾想過用這種人當特種兵，用來對付盟軍的軍隊，沒想到真的可以讓我在這裡找到這種人。」

「稟告大人，根據我們組織的研究，這應該是一種潛在的基因缺陷，非常容易隔代遺傳，在第二次世界大戰時被派出去的，患有這種病的特種兵，是海格力斯的祖父。」厄爾尼諾走到Ruse的身旁說。

「哦？」Ruse的臉明顯的開心了起來，說：「研究結果怎麼樣？」

「基因注射突變法在老鼠身上進行得很順利，之前那隻老鼠差點把實驗室裡，用來關牠的防彈玻璃給打碎。」

「太好了！我要立即使用在人體上。」Ruse 說。

「這……請問大人要用在誰身上？」厄爾尼諾問。

「紅龍。」Ruse 笑了一下，說：「馬上準備好異界競技場，我明天晚上就要啟用它。」

「是。」厄爾尼諾說。

「哼，這次我看看是誰能再次阻止我。」Ruse 心想，轉身離開了牢房。

燈光打在競技場上，全場歡聲雷動，看著這一場絕對不公平的生死決鬥。

海格力斯一拳又一拳的打在格鬥台的地板上，一片又一片的碎瓦礫噴了起來，打在紅龍身上，限制住他原本的閃躲路線。

「你再躲啊！」海格力斯用右手一把揪住紅龍的頸子，把他整個人都舉了起來。

「我根本不想躲……」紅龍抽出懷中手槍，對準海格力斯扣下扳機，子彈隨著爆破聲從槍口衝出，直接射進了海格力斯的右手臂。

「嗯？」海格力斯左手用力的把手槍從紅龍手上抽了起來，右手隨手一丟，紅龍硬生生的撞在格鬥台邊的柱子上，吐了口血。

「我不喜歡這個東西。」海格力斯抓著手槍的左手一收，手槍變成了碎片落在地上。

接著海格力斯右手握拳，用力的把拳頭打在左手掌上，發出巨響。

這時在競技場外圍觀的殺手們情緒更加高昂，異口同聲的大喊：

「殺了他！」

海格力斯嘴角上揚，一步步的向躺在場邊的紅龍逼近。

「是時候了。」站在觀看台的 Ruse 小聲的說。

「真不想用這個東西……」紅龍從口袋裡拿出一管針筒，看著步步逼近的野獸，深深的吸了一口氣，一咬牙，把針筒裡的泛紫色透明液體打進了手臂裡。

針筒掉在地上破碎，剛把液體打入體內的紅龍，感覺到自己全身的血液溫度不斷升高，就像快要沸騰一樣，連全身上下，每一寸的肌肉也不斷膨脹，直逼爆炸邊緣。

「呃啊！」紅龍忍受不住巨變，痛苦得大叫，這時海格力斯已經走到他的面前，左手抓著他的領子一抬，一把就把他拎了起來。

「不用害怕，很快就結束了。」海格力斯獰笑，右手握拳，向前揮了過去。

海格力斯揮出的拳在空氣中傳出一聲爆響，正當所有人屏氣凝神，準備看著紅龍的頭顱被打爆時，沒想到紅龍卻不慌不忙的伸出左手，硬是接住了海格力斯的致命一拳。

眾人瞪大了眼睛，不敢接受眼前所看見的這一幕，直到紅龍抓住海格力斯抓在他脖子上的左手，用力把他甩開的時候，所有人還是嚇得啞口無言。

「看來人體試驗，初步是成功了。」Ruse 微笑。

「沒錯，異王大人。」厄爾尼諾點頭。

「接下來就是看紅龍能把這種藥，發揮到什麼程度了。」

「這是怎麼回事？」被摔在地上的海格力斯還沒回神，這時候紅龍已經跑到他面前，用力的在他肚子上面打了一拳。

「吼啊！」海格力斯被紅龍一拳打飛，重重的撞在柱子上。

「現在，我跟你一樣了。」紅龍看了看身上突增的肌肉，對海格力斯擺出了戰鬥姿勢。

「雖然我不太清楚剛剛那個怪藥是怎麼回事，不過這樣我才不會殺得沒手感，不錯不錯。」海格力斯站了起來，走到紅龍的面前。

一拳又一拳，兩人沒有躲開任何一次來自對方的攻擊，只是不斷的用他們最原始的武器和對手硬碰硬。

沒有痛苦的表情，幾乎沒有痛覺的兩人每一拳的交鋒，都發出足以震動屋頂、牆壁的轟天巨響，說是拳的大炮一點也不為過。

「哇！我好像一直在聽卡車互撞的聲音。」里格勒茲驚嘆的說。

「好可怕的對決，就像兩隻野獸互咬一樣。」死神聲音微微顫抖著。

「不知道對上我的毒爪，到底是誰比較厲害呢？」毒爪女訕笑。

「我看妳的毒爪還沒碰到他，全身就被拆掉了吧？」里格勒茲對毒爪女扮了個鬼臉。

「我有同感。」死神說。

「哼！」毒爪女不屑的轉了過去，繼續看著台上的格鬥。

「好有趣啊！你竟然可以讓我流汗呢！」海格力斯一邊用拳頭和紅龍互擊，一邊大笑。

「廢話真多，你這個怪物。」紅龍說。

「你現在也是怪物啊！哈哈哈！」接著海格力斯又出了一拳，這次紅龍接拳之後，竟然被打退了一步。

「怎麼會？」紅龍愣了一下，又對海格力斯出了一拳。

兩拳互擊，巨響依舊，但退後的仍然是紅龍，這次是兩步。

「怪物！怎麼啦？」海格力斯諷刺的問，又是一拳。

三步、四步、五步，終於在紅龍右拳被海格力斯給打碎，一口氣退了十步之後，他才知道自己已經到了藥力的極限，也到了死期。

「看來剛剛那個怪藥沒效囉！」海格力斯一掌揮在紅龍左肩上，他的肩膀被一擊打碎，人也飛出了格鬥台。

紅龍摔在競技場旁的人群裡，海格力斯上前準備給他最後一擊，這時厄爾尼諾叫住了他。

「住手！」厄爾尼諾大喊，但海格力斯卻就像沒有聽到似的，繼續朝著紅龍走去。

這時人群衝出一個人影，跳到海格力斯的額頭上，給了他重重的一腿。

海格力斯被這一腿紮實的踢中，失去了平衡，跌坐在格鬥台邊的樓梯上，發出了巨響。

「大副尊大人說住手，你這怪物是耳聾了嗎？」輕輕的落地，宙斯瞪著海格力斯。

「吼……」海格力斯惡狠狠的瞪著宙斯，發出低沉的動物吼聲。

「宙斯，做得很好。」Ruse和厄爾尼諾慢慢的在觀看台邊的樓梯上慢慢的往下走，直到兩人來到了格鬥台邊。

「把紅龍關進白門裡。」Ruse說。

「大人，這不行啊！」厄爾尼諾連忙跑到Ruse的面前說。

「為什麼？」Ruse問。

「因為異界競技場的規則，輸了就要死。」宙斯走過坐在樓梯上的海格力斯，站在兩人對面的格鬥台邊說。

「異王本身就是異界的規則，我說了算。」Ruse微微瞪大了眼睛，看著對面的宙斯。

「……哼！」宙斯不悅的轉身，縱身一跳，消失在競技場邊的人群裡。

「宙斯！站住！」厄爾尼諾大喊，所有人痛苦的摀起了耳朵。

「沒關係，讓他去吧。」Ruse按住厄爾尼諾的肩膀，然後走到海格力斯的旁邊說：「你跟我過來。」

Ruse和海格力斯走後，厄爾尼諾望了一眼台下，說：「里格勒茲、毒爪女、死神，你們三個負責把紅龍關進白門裡。」

「是！」三人鞠躬。

「所有人解散！」他說。

3

白雪輕輕的飄落，人來人往的第五大道，兩旁的樹上掛滿了燈泡，走在路上的每個人都因為聖誕節的來臨而掛滿了歡愉的笑容。

而被 Death 趕出門，陪身體好得差不多的萬相逛街的 KH，現時正被萬相拉著在第五大道裡走來走去的。

「你不高興嗎？」走到一半，萬相停了下來，看著一臉無奈的 KH 說。

「沒有沒有。」KH 連忙搖頭澄清。

「那就好。」萬相嬌媚的嘴角微笑，KH 也輕輕的笑了一下。

KH 雙手背在脖子後面，看著萬相一個櫥窗一個櫥窗的逛，他也一步一步的跟著，直到萬相在一個櫥窗前停了下來。

「怎麼了嗎？」KH 走上前一看，萬相正直盯著櫥窗裡的項鍊，目不轉睛的看著。

「你看，很漂亮吧？」萬相指著櫥窗裡，那兩條鑲著藍寶石、在燈光下顯得閃閃發光的白金對鍊說。

「還不錯囉。」KH 端詳著那兩條項鍊說。

「跟你講也是白搭，你只知道打打殺殺而已。」萬相做出不悅的表情，沒好氣的離開櫥窗前，繼續向前走去。

「真是的……怎麼樣都要罵我。」KH 搖搖頭。

「呼……」坐在路旁的座椅上，萬相邊看著下雪的街道邊搓著手，試圖讓雙手溫暖一點。

街上的人們充滿歡愉的氣氛，有人戴著聖誕帽、有人戴著馴鹿的紅鼻子，還有好幾個裝成聖誕老人的臨時工在路邊發小禮物。

「Merry Christmas !」聖誕老人走到萬相面前，給了她一個做成馴鹿樣子的小木雕。

「Thanks .」萬相接過木雕說。

「看起來還滿不錯的嘛！可惜沒有塗上顏色。」KH 走了過來，遞給萬相一杯熱咖啡。

「至少這是我今年收到的第一份聖誕禮物，我覺得很開心，怎麼樣？」萬相把小木雕拿到 KH 面前晃阿晃的，做出很得意的表情。

「那，再多收一份禮物怎麼樣？」KH 說。

聽到這句話的萬相轉了過去，看見 KH 故作神秘的笑著，然後他喝了一口咖啡。

「你別說這杯咖啡就是聖誕禮物喔。」萬相說。

「對啊！妳再喝一口就知道有什麼不同了。」KH 笑了一下。

「我已經喝好幾口了。」萬相白了 KH 一眼。

「真的，再一口就好了。」KH雙手合十，做出懇求的動作。

萬相疑惑的看著他，總覺得KH待會兒一定搞什麼鬼，不過她還是應了他的要求，低頭喝了一口咖啡。

突然間，萬相感覺到自己的脖子被什麼東西擦了一下，她嚇了一跳，迅速的伸手摸向自己的脖子，卻發現上面多了一條項鍊。

「這是……」萬相拉出項鍊的鍊墜來看，正是剛才她在櫥窗裡看到的那條鑲著藍寶石的白金項鍊。

「聖誕禮物囉……」KH刻意別開萬相的眼神，尷尬的抓了抓自己的臉。

「哪來的錢？」萬相故意用著責備的口氣問KH。

「這幾年我賺的錢，搞不好可以把剛剛那間精品店買下來了。」KH抬高了下巴，做出很囂張的表情。

「是是是，真有錢喔。」萬相又喝了一口咖啡，眼神不經意的瞄到KH脖子上掛著的另一條項鍊，她不自覺笑了一下。

雪繼續飄著，歡愉的氣氛還未散去，只是隨著夜越深，街上也多了好幾個狂歡夜之後的醉漢，不時會來騷擾KH兩人。

一開始KH很心平氣和的請他們離開，甚至塞給他們幾張鈔票，後來發現有些喝醉了之後臉皮厚到比水泥牆還厚的傢伙，KH會直接抓去讓他們和水泥牆比比看誰比較硬。

萬相輕輕的靠在KH肩膀上，沉沉的睡去，身為殺手的她，已經好久沒有像現在這麼安心的睡著了，因為她知道無論發生什麼事，身邊的這個男人一定會盡全力保護她。

KH看著熟睡中的萬相，笑了笑，然後點了根香菸。

「吼啊！」深夜遠方傳來的一陣狂吼，震破寧靜席捲而來，驚醒了熟睡中的萬相，KH也開始找起聲音的來源。

「那是什麼聲音？」萬相問。

「噓。」KH把手指放到雙唇之間，然後閉上眼睛聆聽著。

「KH！」又是一次狂吼，而且這次聲音更加接近兩人。

「看來是衝著我來的。」KH把萬相扶正，對她說：「妳先回去飯店，我去看看到底是怎麼回事。」

「可是……」萬相才說到一半，街道的另一邊飛過來一輛車子，砸在兩人眼前正停下來等紅燈的計程車上，駕駛來不及躲開，和車子一起被砸得稀巴爛，爆炸聲震耳欲聾，火光驟發。

「這傢伙神經病啊……搞這麼大動靜。」KH站了起來，看著遠方漸漸走近他的巨大身影。

「快回去。」KH向前走了一步，發現萬相依舊坐在原地，用很擔心的眼神看著他，KH搖搖頭對她說：「你如果這麼擔心我的話，就得回去告訴Death，叫他過來幫忙，不然妳就要留在這裡幫我收屍了。」然後KH拍了拍萬相的肩膀，給她一個微笑。

「你可以不要說這麼不吉利的話嗎？」萬相不悅。

「我還有很多事還沒搞清楚，也有很多事情還沒做完，我絕對不會，也不能在這時候死。」KH把手插進大衣口袋，拿出沙漠之鷹和彈匣，裝了上去。

「嗯……我明白了。」

「快走吧！不走就真的走不了了。」KH握著沙漠之鷹，看見前方的人影又舉起了一輛汽車。

「我很快就會叫他過來的。」萬相站了起來，朝剛才汽車被丟過來的反方向跑去。

「嗯。」KH冒著冷汗，看著那人又用直乎誇張的力量把汽車丟了過來。

「砰」的一聲巨響，剛才KH兩人坐著的椅子，連同路旁的柱子一起被砸飛，而被丟出去的汽車順著那股力量繼續往前滑行，撞進了店家裡，櫥窗的玻璃被撞得碎片四飛，店鋪裡的商品和擺設也因為撞擊而支離破碎。

警鈴大作，街上的行人紛紛逃竄，連剛才的醉漢都被嚇得酒醒了。

「好一個怪物。」剛才千鈞一髮躲過汽車的KH從路旁走了出來，看著那人影越來越近，直到他可以看清楚那龐大怪物的樣子。

身高至少在兩百公分以上的海格力斯，全身肌肉發達得嚇人，加上全身穿著厚重的防彈衣，KH知道接下來的戰鬥絕對沒有辦法輕鬆混過去。

「你是不是科學實驗失敗的劣質品啊？」KH把沙漠之鷹槍身靠在肩膀上，狀似輕鬆的對海格力斯開著玩笑。

「KH……」海格力斯握緊了雙拳，發出明顯的喀喀聲。

「看來你真的知道我是誰。」他把沙漠之鷹的槍口指向海格力斯的頭，說：「是誰叫你來的？」

「去問我的拳頭吧！」海格力斯突然就是一拳，KH靈巧的跳了開來，地面卻被他打陷了一個大窟窿，頓時碎石四射。

其中一個碎石在KH落地時打中了他的臉頰，他摸了摸臉上傷口的血，看著海格力斯。

「被他打中一拳，我可能就會爛掉了吧……」KH心想，接著海格力斯又是一拳，他連忙躲開。

快速的退了幾步，KH一個大翻身後，把槍口對準海格力斯的額頭，扣了兩下扳機。

而海格力斯一發現KH開槍，馬上伸出手護住自己的頭，讓子彈全部射進手上的防彈護臂裡，然後抓起放在路旁的店家招牌，朝KH丟了過去。

「哇靠！這被砸到還得了！」KH向左跨了一大步，且揮動大衣擋住招牌掉在地上所噴射出來的玻璃碎片。

「躲！躲！躲！除了躲你還能幹什麼？吼啊啊啊啊啊！」海格力斯憤怒的大吼，雙腳用力的朝地上一蹬，跳了起來，而且一跳就有兩層樓高。

「愚蠢的野獸，找死才跳這麼高。」KH把沙漠之鷹放進口袋裡，伸手扣住大衣內的幾把隨身小刀，快速且重複的射了出去，瞬間漫天飛舞的小刀朝海格力斯飛了過來。

海格力斯被KH突然這麼一招給嚇住，來不及防備之下，將近四十把的小刀就刺進了他的身上。

「哇！」海格力斯失去平衡摔在地上，有些小刀還因此插得更深，但他卻像毫無痛覺似的站了起來，然後一支支的把刀子全部拔出來，身上除了有防彈衣的地方之外，其餘有傷口的部位全都冒著鮮血。

「太恐怖了……我現在是在拍怪獸電影嗎？」KH額頭冒著汗，露出嫌惡的表情。

「稍微有點意思了，讓我再玩得高興點吧！」海格力斯嘴角上揚。

「那就得玩到沒命囉！」KH再次拿出沙漠之鷹，做出備戰姿勢。

4

爆炸聲不斷，第五大道的人潮早已消失無蹤，在空蕩蕩的街道上傳出的聖誕節歌聲，讓周圍因為被破壞而明暗閃爍的燈光更顯得詭譎恐怖。

海格力斯已經把眼前他認為能丟的東西全部當作武器來對付 KH，道路上滿目瘡痍，連香奈兒的招牌都躺在地上不斷噴出火花，海格力斯令人咋舌的超強破壞力隨處可見。

「出來！出來！」海格力斯翻著毀壞的柱子、汽車，不斷在火光遍地的第五大道上尋覓著不知何時已經從他眼前消失不見的 KH。

而就在離海格力斯不遠處的名牌包精品店裡，KH 正一邊重新裝上沙漠之鷹的彈匣，一邊思索著對抗海格力斯的方法。

「力氣大得誇張、不怕痛就算了，還穿著防彈衣，這下子是要怎麼殺他？」KH 嘟囔著，接著把手槍上膛。

把沙漠之鷹舉了起來，KH 向門外一看，看見海格力斯竟然用鼻子在半空中瘋狂的吸氣，看起來就像在聞什麼的樣子。

「找到了！」海格力斯迅速的轉向 KH，對他笑了一下。

「見鬼了，他是狗啊？」KH 起身，向後退了幾步，這時海格力斯拆掉了屋外一根足足有 KH 身體這麼粗的柱子，朝店裡丟了進來。

又是一聲巨響，接著是幾聲子彈發射的爆響聲，海格力斯身上的防彈衣多了幾個凹洞，他退了幾步，看到幾道閃光從黑暗的店鋪裡飛向了他。

隨著那幾道閃光刺上海格力斯的身體，KH也從黑暗中出現，他踩著剛才海格力斯丟進店裡的柱子縱身一躍，握著拳頭的右手高舉在頭後。

「換你吃我一拳！」KH飛身一拳打在海格力斯鼻梁上，但是KH自己卻像撞上牆壁一樣反彈了回去，跌坐在地上。

「你在幫我搔癢嗎？」海格力斯抓抓自己的鼻子，然後一支支的把身上插著的隨身小刀拔掉。

「太誇張了……怎麼可以叫一個科學怪人當殺手啊……這根本不是在殺人，完全是在拆房子吧？」說完KH看見海格力斯伸手要把他抓起來，他趕緊扣了幾下扳機，接著拉開了兩人的距離。

「被你抓到還得了，身體不被拆了才怪。」KH暗忖，連忙跑到街道上，海格力斯也跟在他身後追了出去。

「給我站住！」海格力斯瘋狂的追著KH跑，還不忘撿起地上的東西，死命的丟向他。

一輛又一輛的汽車飛了過來，就在KH忙著躲避海格力斯近似瘋狂的亂擲汽車時，他們兩人中間的一輛汽車突然起火爆炸，把兩人給炸飛了出去。

「可惡……」海格力斯從地上爬了起來，把飛到他身上的汽車防撞桿給丟到一旁，抬頭一看，看見KH在離他不到十步的地方，狀似輕鬆的拿槍指著他。

「蠢豬，嚐到苦頭了吧？」KH笑了一下，扣下扳機，子彈準確無誤的從海格力斯的左臉頰劃過，劃出一道傷口。

「你這傢伙！去死！」海格力斯暴怒，抓起旁邊一輛汽車朝KH丟了過去，但KH只是輕鬆的向上一跳，剛好落在被砸在地上的汽車車頂。

「沒打中，再來啊！」KH極為挑釁的對海格力斯笑著。

「吼！去死！去死！去死！去死！去死！……」被KH激怒的海格力斯，抓起汽車就是丟，不一會兒的工夫，汽車已經疊得有兩層樓這麼高，而KH依舊站在最高的汽車車頂上，雙手放在胸前且對他笑著。

「你笑什麼！」海格力斯大吼。

「呵，笑你中計啦！」接著KH踩在原本就搖晃不停的汽車堆上，用力的將車堆前後晃動，車堆失去了平衡，全部朝著海格力斯倒了下來。

轟隆巨響，近十輛汽車壓在海格力斯身上，他一時之間還來不及把壓在身上的車子搬開，KH先行一步向後退了一段距離，然後把沙漠之鷹的槍口對準其中一輛車的油箱，接著扣下扳機。

銀白色的子彈極速旋轉，鑽進了一輛已經歪斜扭曲的保時捷的油箱，下一秒便產生巨大爆炸，連鎖其餘幾輛壓在海格力斯身上的汽車也一併爆炸，爆炸聲震耳欲聾，爆風把周圍的玻璃全數震碎，被海格力斯砸壞的招牌也四散飛開，就像投下了一顆巨大的飛彈一樣。

KH被爆炸的威力炸飛出去，好不容易才又站了起來，抬頭一看，眼前可見的範圍幾乎被火舌所吞噬，到處都是一片火海。

「中了這招還不死我也沒辦法了。」KH摸了摸脖子上的白金項鍊，吐了一口氣，直接坐在地上。

過了幾分鐘，都沒見到海格力斯再次出現，KH放心的拿出菸盒裡的一根香菸，然後隨手拿起地上一片還包覆著火焰的汽車碎片，把香菸點燃。

沒想到才吸了一口香菸，KH就看見火海裡有人影在晃動，他揉了揉眼睛，不敢相信自己所看見的。

「不會吧……」KH站了起來，露出無奈的表情。

「吼啊啊啊啊啊！」海格力斯從火焰裡跳了出來，全身燒傷得很嚴重，防彈衣也被炸爛了，隨處可見大大小小不同的傷痕。

「是不是人啊？」KH 小聲的說，拿出沙漠之鷹，對海格力斯開了一槍。子彈打中海格力斯的左膝蓋，只是他依舊像是沒事一樣繼續往前走，還一邊發出野獸的吼聲。

「KH！我要殺了你！」海格力斯朝 KH 衝了過來。

「別鬧了……」KH 向後退了幾步，正要扣下扳機時，一輛大型聯結貨車突然從旁邊的路口衝了進來，擋在兩人中間。

「遇到困難了嗎？」車上的駕駛把帽子拿了下來，對 KH 笑了一下。

「太晚來啦！Death！」KH 笑著，爬上了貨車後面的貨櫃車頂。

「吼！」KH 爬到一半，海格力斯在車子另外一邊猛力的搖晃著車子，讓 KH 差點跌了下去。

「欸！他會把車子搬起來的！」KH 對 Death 大喊。

「放心！貨櫃裡裝的東西剛好是他抬不起來的重量，頂多把我們的車子推倒罷了。」Death 說。

「喂！還是很危險啊！」KH 搖搖晃晃的爬上貨櫃頂端。

「我沒有說要跟他打，先帶你回去再說，坐穩了！」Death 用力的轉動方向盤並同時踩下油門，貨車的車尾瞬間轉向海格力斯，也跟他拉開了一小段距離。

「OK！可以了。」Death 踩下煞車，這時剛從貨櫃頂端爬進副駕駛座的 KH 撞上了擋風玻璃。

「你幹什麼？」KH 揉揉自己的鼻子，而且從後照鏡看見海格力斯慢慢走近貨車。

「他會追上來的，快開車。」KH 說。

「別這麼急，我要送給他一個禮物。」Death 點起香菸，直盯著後照鏡看，等到海格力斯已經爬上他的貨櫃後門時，他笑了一下。

「你想做什麼？」KH 問。

「看了就知道。」接著 Death 從口袋裡拿出一個控制器，按下上面的紅色按鈕。瞬間，貨櫃門傳出爆炸聲，海格力斯被突如其來的爆炸給震跌在地上，接著貨櫃裡倒出大量的水，強勁的水流壓力把他沖遠了一大段距離。

「Merry Christmas！」Death 開心的大喊。

「你很無聊。」KH 給了 Death 一個白眼。

「還可以啦！」吸了一口香菸，Death 從後照鏡裡，隱隱約約看見遠方警車閃爍的紅藍燈光，他趕緊踩下油門離開。

幾分鐘之前，有人向紐約警局報案，第五大道發生狂人破壞街道，幾位警察獲報之後，開車趕到第五大道，卻發現第五大道早已被毀壞得殘破不堪。

「這是怎麼回事？難道有軍隊來過這裡？」一名警察下了車，看著滿目瘡痍的街道說。

其餘警車趕來之後，也被散佈在道路上的殘骸擋住了去路，紛紛下了車，看著眼前這不可思議的景象。

以往繁榮且燈光通明的第五大道，現在儼然成了一座廢墟。

警察們撥開散落滿地的雜物向前走去，只剩下火光照耀著的街道裡視線很差，他們只好拿出手電筒照著四周繼續前進。

突然間，眾人前方傳來腳步聲，還有水滴在地上的滴答聲。

「是誰？」其中一名警察拿出手槍指著前方。

「是KH嗎？」慢慢走近的人影說。

「我們是紐約警察。」

「是嗎……」腳步聲停止，接著黑暗中飛過來一輛汽車，朝站在街道上的警察砸了過去。

「什麼？這是……啊！」三名警察來不及躲開，被眼前飛過來的汽車砸個正著。

接著又是一輛汽車飛來，這次不只三名警察被砸中，地上漸漸被鮮血所染紅，暈開了一大片地面。

在幾聲重物砸在地上的聲音消失後，海格力斯站上剛才砸死了那些警察的車頂上，仰天怒吼。

「KH！」黑暗中的長嘯，震動了空氣。

5

「沒想到你會在貨櫃裡面裝水，誰告訴你的？」坐在副駕駛座上的KH吸了一口香菸。

「是萬相告訴我的，水也是她幫我裝的。」Death說。

「所以她知道剛才那個怪物是什麼人囉？」

「她是知道，因為剛才那傢伙也是異界的人，叫做海格力斯。」Death把放在車內菸灰缸上的香菸拿了起來，並吸了一口。

「海格力斯……希臘神話中的大力士啊！真是人如其名。」KH搖搖頭。

「聽說他最多只能舉起三噸重的東西，剛才車子加上水總共是三噸零一公斤，所以我才說他應該是舉不起來。」

「太冒險了吧？如果他舉得起來怎麼辦？」KH說。

「就算太冒險也要試一試，如果我為了保險再多裝一公斤的水，搞不好等我到的時候你已經被撕成碎片了也不一定。」Death把菸頭指向KH，說：「我說得沒錯吧？」

「是是是，開車請看前面好不好？」KH無奈的把菸熄在菸灰缸裡，向後躺在椅背上。

「哈哈哈。」Death笑著。

「你沒事啦？太好了！」KH兩人回到飯店裡一打開門，萬相立刻跑了過來，抱住KH。

「當然，連它都沒事呢！」KH拿起項鍊的鍊墜說，對萬相笑了一下。

「咳咳！」剛在房間小客廳的沙發上坐下的Death故意咳了幾聲，說：「小倆口等一下再親熱吧！我們先討論現在該怎麼做。」

「嗯。」萬相放開了抱著KH的手，然後拉著他到小客廳裡。

「你怎麼想？」Death問著KH。

「根本不用想，異界現在是那個臭老頭在指揮的，還派異界殺手來殺我，他現在的意圖這麼明顯，根本就是想要我死。」KH 用力的敲了一下桌子。

「不過遇上這麼可怕的殺手，能全身而退已經很不可思議了，何況你還沒有受什麼傷，恐怕也是 Ruse 所始料未及的吧。」紅蓮坐在旁邊吧檯的高腳椅上，喝了一口紅酒。

「當然，不過接下來 Ruse 一定會派出更厲害的異界殺手，何況我不認為海格力斯會這樣就放棄。」Death 說。

「可惡，要是風宇那小子還在這裡就好了，他腦袋裡的鬼點子至少還能幫上一點忙，現在連 King 那傢伙也不知道上哪去了，真是一點都不負責任。」KH 生氣的說。

「說到出點子的人，我倒是知道一個人，而且他可是不比風宇或 Ruse 兩個人差的最佳人選喔！」萬相看著所有人說。

「是誰啊？」KH 問。

「呵呵呵。」萬相笑而不答。

「妳不要跟我說……」KH 忍住想撲上去打人的衝動，指著坐在壁爐前，對他微笑著的賢者大吼：「那個人就是這個死老頭！」

隨著KH一起走進賢者別墅裡的萬相點點頭，笑了一下，說：「有什麼問題嗎？」

「對啊！有什麼問題嗎？」賢者重複問了一次。

「問題就是……我一看到你就想狠狠的揍你一頓！」KH拉起大衣的袖子，面露兇光的走向賢者，這一幕讓剛進別墅的紅蓮和Death兩人看得一頭霧水。

「這是怎麼回事？」Death疑惑的問。

「一點誤會。」萬相說。

「喔。」Death和紅蓮點點頭。

「準備好去見上帝了嗎？」KH步步逼近賢者，而賢者表情仍然是一派輕鬆的笑著。

「孟斐斯。」賢者招招手，孟斐斯立刻從一旁走了出來，使勁的把KH拉到沙發上坐下。

「放開我！」KH硬是要站起來，卻又被孟斐斯壓了下去。

就這樣重複的站起來又被壓下去，KH終於放棄了掙扎，沒好氣的躺在沙發的椅背上，點了根香菸。

「萬相，妳看起來很有精神，我就放心了。」賢者請萬相和其餘兩人坐下，並叫孟斐斯端了四杯紅酒給他們。

「多謝賢者大人的關心。」萬相點了點頭。

「不會，嗯？」賢者把頭轉向 Death，說：「你難道是殺手 Death 嗎？」

「你知道我？」Death 問。

「你們的事我大略都知道，包括你旁邊的那位殺手血腥瑪麗。」賢者說。

「明明知道還問，真是個令人討厭的臭老頭……」KH 吐出一口白煙，喃喃自語。

萬相用手肘撞了一下 KH，他轉了過去之後，看到萬相正在瞪著他，他無奈的點了點頭，說：「萬相她推薦我們來找你，因為她說你是不比 Ruse 那個老頭差的人，雖然我只覺得你們一樣令人討厭就是了。」

「不要說多餘的話。」萬相說。

「好。」KH 無奈的躺回椅背上，又吸了一口香菸。

「哈哈哈！這麼說太抬舉我了，萬相。」賢者接過孟斐斯一直端著的一杯紅酒，喝了一口說：「我只是一個糟老頭而已，對吧？KH？」

「廢話。」KH 在一旁吐著煙圈說。

「賢者大人別這麼說，我相信你一定有辦法的，你可是路西法的導師啊！還有誰比你更了解黑暗世界呢？」萬相說。

「什麼？」KH從沙發上彈了起來，瞪大了眼睛看著賢者說：「他是風宇那小子最大敵人的導師？」

「不然你以為，為什麼路西法會叫你來找賢者呢？」萬相說。

「既然是風宇偵探所認為的最強敵人的導師，那萬相所說的不比風宇和Ruse差，看來一點都不假囉？」紅蓮說。

「一點都沒錯，一直以來只有這個不知道天高地厚的戰鬥狂，才敢這麼輕蔑的對我主人說話。」孟斐斯說。

「別這麼說，就是他的這種個性，我才會一直想幫他。」賢者喝了一口紅酒，對KH笑了一下說：「因為你實在是太可愛了。」

「少噁心了好不好？」KH白了賢者一眼。

「呵，你們來找我的目的，我剛才在電話裡大概都聽萬相說過了。」

「所以？」KH把菸熄在菸灰缸裡。

「我覺得你們分析得沒錯，現今世界上，所有的殺手組織幾乎都被Ruse所控制著，原本還能與之抗衡的X夫人也被消滅，而你們這幾個公然挑戰Ruse的殺手們，完全沒有去處，還變成黑暗世界及光明世界的過街老鼠。」

「這已經成為事實了好嗎？拜託你講一點有建設性的問題。」KH又白了賢者一眼，點起一根香菸。

「你們聽過『天道忍』嗎？」賢者喝了一口紅酒。

「天道忍？」萬相問。

賢者轉向Death和紅蓮兩人，他們紛紛搖搖頭，於是賢者望向KH，說：「你呢？」

KH吸了一口香菸，說：「少裝傻了，你早就知道我一定會知道對不對。」

賢者笑而不答。

「腦袋有鬼點子的人都喜歡裝傻。」KH不屑的說。

「到底賢者大人你說的天道忍是什麼呢？」萬相問。

賢者放下酒杯，看著四人說：「天道忍，是堅守三個信條的神秘殺手組織，這三個信條分別是『維護天皇及國家利益』、『堅守正宗武士道精神』以及『隱密行事如忍者藏匿』，是這世界上唯一一個以國家利益為主要出發點的殺手組織，也可以說他們是一群日本特務。」賢者說：「在殺手界裡，他們是一群不被承認的存在，正因為他們擁有日本國這個超強後盾。」

「以國家為出發點，所以深受國家所保護，原來如此。」Death 用手指輕點著嘴唇。

「我之前就聽鬼塚和 Ruse 提過，但是天道忍裡面的殺手都是以完全隱匿為最高規條，想找到他們比登天還難。」KH 說。

「連 Ruse 都找不到，那……」萬相陷入思考。

「呵呵呵，Ruse 找不到是有原因的。」賢者笑了笑，叫孟斐斯再倒了一杯酒過來。

「怎麼說？」Death 問。

「因為天道忍的殺手完全是以國家為出發點，如果發現一個外來又野心勃勃的人要來找他們，他們會隨便暴露行蹤嗎？Ruse 非常了解這一點，除非他變成日本天皇，否則就算找到了也絕對不可能控制天道忍，只會逼得他們全體切腹自殺罷了。」賢者接過酒杯，喝了一口。

「這麼說也對，所以我們就絕對沒有辦法進入天道忍裡啦！你從剛剛就一直在講廢話。」KH 說。

「辦法不是沒有，但絕對不是你們去做。」賢者說。

「什麼意思？」萬相問。

「我將會親自前往天道忍，說服他們。」賢者喝了一口紅酒，微笑。

6

坐在萬相的車子裡面，眾人不斷思索著剛才賢者所說的話。

「你覺得那死老頭的話能聽嗎？還叫我們處理好這邊的事情之後再去日本，他是不是在唬我們？」坐在副駕駛座的 KH，抽著香菸，問著坐在後座的 Death。

「我想應該不會吧，像他這樣的人物，如果不想幫我們，剛才就不會跟我們說這麼多，他大可直接說他沒辦法，然後放我們去等死。」Death 說。

「我覺得 Death 說得沒錯，何況他都幫你這麼多次、給了你這麼多建議了，你怎麼還是不相信他？」萬相轉向 KH 說。

「我只是覺得他跟 Ruse 那老頭太像，讓我很難以相信而已。」KH 吐出長長的一口氣，又吸了一口香菸。

車子開了一段距離，開到一條街的時候突然被前面的車陣堵住動彈不得，仔細一看，前面的車子根本不像是在等紅燈，全部都是歪斜的停著。

街道上喇叭聲大作，遠方不時還傳出爆炸聲。

「發生什麼事了？」紅蓮雙手撐在前面座位的椅背上，向前望去。

「誰知道……嗯？」當 KH 說出這句話的時候，他遠遠的看見一輛汽車飛到半空中，正確的來說，應該是被拋到半空中，然後在下一秒重重的落地，發出了巨響。

「我想我知道是怎麼回事了。」KH 苦笑，拿出沙漠之鷹上膛，對坐在後座的 Death 說：「那個破壞狂又出現了，走吧！」

「嗯，我去後車廂拿傢伙。」Death 開了車門下車。

「小心一點。」萬相拉住 KH 的手臂說。

「放心，昨天晚上的帳還沒跟他算呢！這次我會讓他死得乾乾淨淨。」KH 打開車門，回頭對萬相說：「你們先回去吧！我怕等一下這邊的狀況我們無法控制。」

「嗯，我知道了。」萬相說。

「先這樣了，等我們的好消息吧！」Death 走了過來，KH 便和他一起走進車陣裡，而萬相驅車鑽進小巷裡離開。

「KH！」全身是傷的海格力斯，瘋狂的把眼前所見的汽車丟向身後，他走過的街道也一片狼藉，而汽車殘骸多得連警察都只能在離他一百公尺外的地方，用擴音器對他喊話。

接近他的汽車，裡面的駕駛早已逃離，只有一些離他有一段距離，還不知道發生什麼事的汽車駕駛依舊猛按著喇叭。

「投降！不然我們就採取武力行動。」警察用擴音器大喊。

「去你的！」海格力斯丟了一輛汽車過去，砸中警車產生了爆炸，好幾位警察因此受了重傷。

「開火！」一名警察下達指令之後，幾名警察便拿起火箭筒，朝著海格力斯發射。

「嗯？」海格力斯向後一看，接著雙手各抓起一輛汽車，朝射過來的火箭丟了過去，而火箭擊中了丟過來的汽車，在半空中爆炸，碎片四散而出。

「哼。」海格力斯轉了回來，看見KH和Death站在他的前方，露出很挑釁的笑容。

「真是感謝你用煙火歡迎我啊！」KH說。

「KH！」海格力斯衝了過去，KH和Death兩人隨即躲開，他一拳打在汽車的引擎蓋上，引擎蓋瞬間爆開。

「破壞力真強啊！」Death 驚嘆。

「還用說，你知道我昨晚打得多辛苦了吧？」KH 跳到一旁，拿起沙漠之鷹對海格力斯開槍。

海格力斯一邊抓起汽車擋住沙漠之鷹的子彈，一邊朝他走了過去。

「喂！這是作弊吧？」KH 看著海格力斯又把汽車扔了過來，連忙躲開，對馬路對面拚命拿出包包裡的東西亂丟的 Death 說：「你在發什麼神經，你該不會忘記帶槍吧？」

「秘密！」Death 大喊。

「真是的……」KH 跑向 Death，但他卻朝剛才 KH 跑來的方向跑了過去，依舊把包包裡的東西朝地上亂丟。

「喂！」這時海格力斯抓起倒在地上的兩輛摩托車朝 KH 丟了過去，KH 一個翻滾，摩托車被丟進一旁的店家裡，把店裡的東西都砸爛了。

千鈞一髮撿回一條命的 KH，才剛站起來就又看見 Death 還在對面街道亂丟東西，他氣得跑了過去。

「你到底在幹什麼？我是找你來幫忙的耶！」KH 怒吼著，但 Death 只是把他推到一旁。

「躲開一點，不然等一下會受傷喔。」說完Death走向海格力斯，並站在他面前，把雙手交叉放在胸前。

「嘿！大個子！」Death對海格力斯說。

「你是誰？」海格力斯端詳著眼前的Death。

「我叫做Death，剛才看到你的破壞力，我覺得很驚訝，所以我決定要跟你比一比，到底誰比較暴力？」Death驕傲的說。

「拜託……」站在一旁的KH無奈的搖搖頭，點了根香菸，默默的到一旁坐了下來。

「哈哈哈！」海格力斯大笑，說：「就憑你？」

「當然啦！跟我一起倒數三秒，你就知道我的暴力美學。」Death閉上眼睛，說：「三。」

KH依舊抽著香菸，而在Death眼前的海格力斯已經伸出了雙手，準備要抓住他了。

「二。」Death不動聲色的繼續數著，這時海格力斯的雙手已經慢慢接近他。

「一！」Death猛地張開了眼睛，拿出握在手中的引爆器，按下按鈕大喊一聲：「砰！」

這時周圍突然一陣爆炸，原來剛才他丟在地上的東西全是炸彈，海格力斯來不及反應，被炸彈一下子炸飛。

「暴不暴力啊？」Death 轉向 KH 問他。

「好暴力，好暴力。」KH 隨便附和他幾聲，無奈的拍拍手。

「哇啊！」海格力斯從壓在自己身上的一堆金屬碎片中跳了出來，衝向 Death，而他只是不慌不忙的從背後的包包裡拿出霰彈槍，朝海格力斯前面三步的地面開了一槍，子彈裡的鋼珠撞到地面反彈，數顆鋼珠就這樣直接打在海格力斯臉上，有幾顆還直接打中眼睛，讓他的動作稍微慢了下來。

「哈哈哈！」Death 笑著跑開。

「我不知道霰彈槍還可以這樣用，你為什麼不直接打在他身上？」KH 在一旁悠閒的抽著香菸，諷刺的對他說。

「這樣太快殺了他就不好玩啦！對付這種頭腦簡單四肢發達的人，就是要陪他玩玩才行。」Death 說。

「你小心被他拆了。」KH 白了他一眼。

「不會啦！嗯？」Death 甫一回頭，海格力斯就站在他身後，他一時還來不及逃開，雙手馬上被海格力斯抓住。

「該死。」KH 一見到這種情況，馬上把香菸丟在地上，跑了過去。

「我要把你的手扯下來！」海格力斯大吼。

「住手！」KH 對海格力斯大喊。

「放心，馬上就輪到你了！」說完，海格力斯用力的把 Death 的手向兩邊拉開，痛得他瞪大了眼睛，張大嘴巴卻也說不出任何話來。

眼看著 Death 的手就要被海格力斯給扯斷，KH 二話不說的拿出沙漠之鷹就要開槍，這時海格力斯後方傳來幾把槍同時上膛的聲音，接著就是密集的子彈射出。

「繼續開火！」一名警察指揮著其餘的人，而他們就這樣不斷的對海格力斯開槍，直到他把 Death 放了下來，警察們才停止開火。

「咳、咳、咳……」背上全是彈孔的海格力斯咳出好幾口血，他向後看了一眼對他開槍的那些警察，伸手就把 Death 的包包給抓了起來，丟向他們。

「開火！開火！」警察們聞令，馬上對 Death 的包包射擊，不料他們完全不知道裡面裝的全是炸彈，頓時炸彈被子彈所引爆，爆炸的威力把所有人都炸飛了開來。

KH 抓著 Death 一起被炸飛，KH 的防彈大衣這時是兩人保命的最佳利器，以防他們被爆射出來的火焰和碎片給擊傷。

兩人撞上停在路旁的計程車停了下來，正當KH要站起來的時候，他發現他的小腿被緊緊的抓住，往下一看，抓住他的人竟然是海格力斯。

「K……H……」海格力斯的聲音有氣無力的，但抓著KH的手還是絲毫不放鬆，讓他想抽開腿都沒辦法。

「快死了還這麼堅持要殺我，簡直跟影鬼那傢伙一模一樣。」KH用力的想要抽開他的腿，這時他像是想到了什麼似的抬起了身體，高舉了右手，使勁全力朝他的肚子打了一拳。

「好痛！」KH吃痛的甩了甩手，這時他看見海格力斯瞪大了眼睛，咳出了一大口血，而血裡面還有一條黑色的蟲在蠕動，而在吐出黑蟲的同時，他抓住KH的手也鬆了開來。

「我就知道。」KH甩著手，站了起來。

受傷的警察們還沒有人站起來，只是分散躺在四周痛得顫抖著，KH低頭，看著躺在他面前的海格力斯嚥下最後一口氣，他搖了搖頭，閉上了眼睛。

「這個臭老頭，我絕對不會原諒你的卑鄙作風。」KH憤怒的說。

揹起因為疼痛而幾乎失去意識的Death，KH步履蹣跚的離開了街道，慢慢消失在依舊停擺的車陣的另一頭。

《殺手獵人 K.H.》Case Four，完

外傳——影鬼

【序曲一，影鬼誕生】

1

在巴黎和 Crystal 分開之後，Nate 一個人拿著買來的紅酒，一邊喝，一邊搖搖晃晃的走在巴黎街頭。

「Crystal 那個笨蛋……」Nate 走了走，一個不小心跌在地上，而他絲毫不在意的維持著原來的姿勢趴了幾分鐘，任由過往的行人用著鄙視的眼光望著他看。

過了一會兒，Nate 索性坐了起來，把酒瓶的瓶口直接往嘴巴送，大口的灌起酒來。

酒喝完了，Nate 把酒瓶直接丟在地上，就直接在地上呼呼大睡。

太陽西沉，夜也越來越深，路上行人越來越少，警察也到街道上來巡邏，看見醉倒在路旁的 Nate，便把他叫醒。

「喂！起床。」一名巡邏的警察對 Nate 說。

「嗯？」Nate 慢慢轉醒，揉了揉自己宿醉發疼的頭，草草的瞥過眼前的警察一眼，便躺了回去，說：「做什麼？讓我再多睡一下……」

「你為什麼睡在這裡？我是警察！快起來！」警察踹了 Nate 一腳，而他也在聽到「警察」兩字之後突然驚醒，睜大了眼睛看著叫醒他的那位警察。

「警察？」Nate 一驚。

「對！警察！」

Nate 的臉露出糟糕了的表情，接著拔腿就想跑。

「等一下！」警察一把抓住了 Nate 的領口，把他抓了回來。

「放開我！」Nate 大喊。

「你為什麼要跑？」警察問。

「因為……」Nate 轉了過來，故作思考樣，接著快速的伸出了手，把警察的槍套解開，他的槍就這樣掉在地上。

「什麼？」警察緊張的把槍撿了起來，Nate 則趁這時候掙脫他的手，往前奔去。

看見 Nate 手法這麼快，那位警察當下只覺得這個小鬼一定有問題，於是他把槍上膛，朝 Nate 逃跑的方向追了過去。

「別跑！」那位警察的腳程出乎意料的快，轉眼間已經跑到距離 Nate 身後不到十步的地方了，他緊張得繼續加快自己的腳步，深怕慢了一秒鐘就會被警察給追上。

警察持續的追趕，但當他和 Nate 跑了兩條街的時候，身上掛著的無線電對講機突然傳來呼叫的聲音，他無奈的停了下來，看著前方的 Nate 越跑越遠，搖了搖頭。

「什麼事？」他按下通話鍵說。

「你在哪裡？」無線電的另一頭問道。

「我在追一個可疑人物，一個小鬼。」他氣喘吁吁的扶著自己的胸口。

「別管什麼小鬼了，快來亞勒區，這裡發生了兇殺案。」

「是，我馬上到。」說完他把無線電收了起來，然後把槍放回槍套，往亞勒區趕了過去。

「呼、呼、呼……」看見警察沒有再追趕過來之後，Nate 放心的停下了腳步，坐在路旁休息。

「要不要喝點水？」一名老人把礦泉水遞到 Nate 面前，Nate 疑惑的看了看他，隨即把那瓶礦泉水搶了過去，大口大口的喝了起來。

Nate 持續喝著礦泉水，直到他把水都喝光之後，他才發現站在他眼前的不只那位老人，旁邊還站了一個看上去像三、四十歲的法國男人。

「千相，警察已經被引開了，你先回去吧。」老人對那男人說。

「是，我馬上回去。」千相點了點頭，轉身離開。

看著千相慢慢走遠，老人把頭轉了回來，看著 Nate，笑了一笑。

「你是誰？」Nate 問。

「我？我叫做 Ruse，我已經注意你很久了。」Ruse 笑著，把 Nate 手上的空礦泉水瓶拿了起來。

「注意我？為什麼要注意我？你想怎麼樣？」Nate 看著這來路不明的老人，全身忽然莫名的顫抖了起來。

「從普瓦圖開始到現在的巴黎，我一直都在看著你還有那個小女孩，我發現你的天賦真是讓我驚訝，所以我就一路跟著你過來這裡。」Ruse 又拿了一瓶礦泉水給 Nate，這次他一手撥開了 Ruse 給他的水，礦泉水瓶就這樣砸在一旁的牆壁上。

「果然是敵意很強啊……」Ruse 笑了笑，說：「你願不願意為我做事？」

「我才不想為任何人做事！」Nate 站了起來，瞪著 Ruse 說：「我是狼，我不想做一頭被圈養的羊！」

聽到 Nate 這樣說，Ruse 像是早就料到似的哈哈大笑，接著他散發出一股強大的、足以讓周圍的人都感到寒冷的冷冽殺氣，對著他說：「你覺得我是狼，還是羊？」

被 Ruse 的強大殺氣震懾住的 Nate，從來沒有感受過如此威脅的氣息，彷彿眼前的老人光用殺氣就足以讓他立斃當場，他不知不覺低下了頭，完全不敢直視，並用他發著抖的嘴唇，顫抖的說出：「你是狼……」

「很好，你想當一匹真正的狼，就跟我來。」說完 Ruse 轉身就走，留下 Nate 一個人站在原地。

「一匹……真正的狼……」Nate 瞪大了眼睛，一時還無法回神。

「等一下！」Ruse 才走了幾步，Nate 馬上追了上來，他拚了全力衝到 Ruse 的面前，氣喘吁吁的問著 Ruse 說：「你說一匹真正的狼，到底是什麼意思？」

「殺手，聽過嗎？」Ruse 說。

「殺手……」Nate 疑惑的說。

「在黑暗中以人的性命為主食的黑暗之狼，這就是殺手。」Ruse 看著 Nate。

「你是殺手？」Nate 問。

「你說呢？」Ruse不置可否的微笑著。

「殺手，黑暗之狼……」Nate低著頭思考著。

「你如果不想做也沒關係，我不會勉強你，我只會覺得很可惜罷了，因為你擁有殺手的才能。」Ruse摸了摸Nate的頭，繼續向前走。

「等一等！」Nate叫住了已經走到他身後的Ruse，說：「我要當殺手，我要成為一匹真正的狼。」

「哦？」背對著Nate的Ruse，嘴角上揚。

2

黑色的保時捷356A在巴黎的街道上行駛著，Ruse坐在駕駛的後方，悠閒的拿著高腳杯喝著紅酒，而坐在他旁邊的Nate顯得很不自在。

「你要帶我去哪裡？」Nate問。

「戴高樂機場喔。」Ruse喝了一口紅酒說。

「機場？」Nate 一驚。

「對，我們現在要去倫敦。」Ruse 說。

「去那邊做什麼？」

「訓練你囉！」Ruse 笑了一笑，說：「你不是想成為殺手嗎？」

「呃……」Nate 抓了抓頭，繼續看著窗外飛逝而過的景色，他才發現自己好像從來沒有坐過車子，第一次坐上車子，才知道在車子上看著街道是這麼的不同。

「呵……」Ruse 笑了笑，喝了一口紅酒。

過了一會兒，車子開進了夏爾・戴高樂國際機場，Ruse 帶著 Nate 下了車，往機場裡走了進去。

「等等。」甫走進機場，Nate 便拉住了 Ruse。

「怎麼了？」Ruse 問。

「我沒有護照，怎麼坐飛機？」

「哈哈哈！」Ruse 笑了起來，接著彎下腰看著他說：「我有私人飛機。」

「什麼？私人飛機是指自己花錢買的嗎？」Nate 驚訝的問。

「沒錯！」Ruse 說。

「那、那你真的很有錢！你有自己的車子、司機，現在竟然還有自己的飛機啊？當殺手真的可以賺這麼多錢嗎？」Nate 張大了雙手，劃了一個大圓。

「噓……」Ruse 把手放到雙唇間，對 Nate 說：「殺手身分是很保密的，隨便說出來可是會被警察抓的喔！」

「啊？」Nate 聽到 Ruse 說警察而嚇了一大跳，趕緊用手把自己的嘴巴摀了起來，拚命的搖頭。

「哈哈哈！」看來這個個性倔強的小鬼，比想像中還單純呢！Ruse 搖了搖頭笑著，便領著 Nate 繼續往前走。

「我是 Ruse，可以出發了。」帶著 Nate 上了自己的飛機，Ruse 拿起門邊的對講機對人在機長室裡的機長說。

「OK。」機長說完隨即切斷了通訊。

機門慢慢的關了起來，飛機在跑道上前進了一段距離之後，便在機場上方升空。

「哇！」飛機升空後，Nate 馬上跑到窗邊向外看，看著自己漸漸遠離地面，他感動得簡直要哭了出來。

「主人，真高興見到你。」一名穿著機長制服的男人打開門，端著上面放著紅酒和高腳杯的托盤走了進來，對 Ruse 恭敬的敬了個禮。

「我也是。」Ruse 接過托盤，倒了一點紅酒到杯子裡。

「這位是……」機長看著 Nate 問。

「這是我找到的狼。」Ruse 說。

「狼？」機長問。

「沒錯。」Ruse 喝了一口紅酒，說：「不過我們這匹狼需要新衣服，可不可以帶他過去更衣室換件衣服呢？」

「是，我知道了。」機長走到 Nate 身旁，對他說：「走吧。」

「嗯。」Nate 跳下座椅，和機長一起離開了機艙。

「衣服都在這裡，昨晚主人已經吩咐我準備許多衣服，你可以任選你喜歡的換上。」走到更衣室後，機長打開了掛滿衣服的櫃子，讓 Nate 看傻了眼。

「這些……我都可以穿？」Nate 不敢相信的問。

「主人是這樣吩咐的。」

「好耶！」Nate 高興的跳了起來，差點忘了機長還在眼前。

「那我就先下去了，請自便。」機長慢慢的把更衣室的門帶上，離開了更衣室。

幾個小時後，飛機降落在倫敦的希斯洛機場，Ruse 和 Nate 兩人下了飛機，機場便馬上走來幾個穿著西裝的男人。

「主人。」其中一名歐洲男子對 Ruse 點頭敬禮。

「我的車準備好了嗎？」Ruse 問。

「一切都準備好了，包括主人您的別墅也都派了好幾位傭人進住。」男子退開了一步，伸出手，五指併攏指著前方說：「主人，請。」

「先載他過去吧！我有事要辦，晚點再過去別墅。」說完 Ruse 把 Nate 叫了過來，對他說：「你先跟著他去我的別墅，晚點我會回去。」

「嗯。」Nate 點了點頭，便和那位男子一起離開。

等到兩人已經走遠，Ruse 拿出他的手機，撥了通電話。

「喂，我是傀儡師。」接通之後，電話另一頭的人說。

「我是 Ruse，現在我要過去你那邊，等我吧。」說完 Ruse 掛上了電話，轉過去叫了其中一個人。「莫加，替我叫一輛車子過來。」

「是。」莫加點頭。

待在 Ruse 的別墅裡的 Nate，驚奇的翻看房間裡的擺飾、掛畫，還不時發出驚嘆的聲音。

從小在車站長大的Nate，從來沒有進過像現在這樣高級的房子，這別墅裡面的一切對他來說都是這麼新鮮，除了充分了解到Ruse有多大的財力之外，也讓他對於殺手這個身分感到前所未有的興奮。

當了殺手就能賺這麼多錢、住這麼好的房子，而且只要是自己想要的東西，都可以買得到。

當殺手真的是最棒的，何況還能變成像Ruse那樣令人害怕的狼。

一想到這裡，Nate不由自主的笑了出來。

「什麼事情這麼高興？」Ruse開了房間的門，走了進來。

「Ruse！」Nate轉了過去，卻發現他的身旁還站了一個戴著左右黑白各半面具、穿著奇怪小丑衣服的男人。

「他是誰？」Nate問。

「他叫做傀儡師，是一名很厲害的殺手。」Ruse說。

「很厲害？」Nate慢慢走到傀儡師面前，疑惑的看著他問：「有Ruse那麼厲害嗎？」

「他好像絲毫不畏懼我的殺氣呢。」傀儡師對Ruse說。

「這就是我決定收他到我麾下的理由之一。」Ruse笑著。

坐在窗戶旁椅子上的Nate，依舊直盯著傀儡師看。

其實Nate本身對傀儡師一點興趣都沒有，只是不知道怎麼的，傀儡師深藏在面具下的那對雙眼，卻讓Nate不由自主的望著。

「他的眼睛……好奇怪……」Nate說。

「怎麼個奇怪法？」Ruse意有所指的問，接著拿起酒櫃上的酒瓶，倒了一杯紅酒。

Nate瞇著眼睛，用力的望向傀儡師的眼睛，傀儡師笑了一下，瞪大了眼睛，突然間，Nate看見好幾雙手從他的眼睛裡伸了出來，而且緊緊的抓住了Nate的肩膀。

「啊！好多手！」Nate嚇了一大跳，從椅子上掉了下來。

「哈哈哈！」傀儡師站了起來，說：「花了兩個小時才對他催眠成功，看來真的是塊料啊！Ruse！」

「催眠？」從地上爬起來的Nate問。

「正是催眠，這是我傀儡師的拿手絕活呢！」他走向了Nate，把他從地上扶了起來，並且對他說：「趴下。」

制。

聽到這句話的 Nate 二話不說立刻趴在地上，還不知道自己已經受到傀儡師的控

「這是怎麼回事？」Nate 想用手把自己的身體撐起來，卻一點也使不出力氣，動彈不得。

「這就是傀儡師的催眠，只要是接收到暗示的人，都會變成他的傀儡，只聽從他一個人的命令。」Ruse 走了過去把 Nate 扶起來，並摸了摸他的頭。

「咦？我又可以動了。」Nate 揮動著自己的雙手。

「我已經幫你解開催眠了。」Ruse 說。

「好厲害……」Nate 驚嘆的張大了嘴巴。

Ruse 笑著走回原本坐著的地方，拿起了他的紅酒，喝了一口說：「怎麼樣？想不想學？」

「我想學！這招太厲害了！我一定要學！」Nate 大喊。

「傀儡師，接下來就交給你囉！」Ruse 望向傀儡師說。

「放心，屬下一定會遵照主人指示做好的。」傀儡師對 Ruse 點頭敬了禮，看著 Ruse 拿著杯子離開了房間。

3

「人腦，就像是一部電腦；而催眠呢，就像用電腦病毒侵入別人的電腦進行破壞、控制行為。」傀儡師走到窗戶邊，看著 Nate 說：「就像電腦病毒有很多不同的種類一樣，催眠也分成很多不同的方式，以及對人造成的不同影響。」

「電腦？電腦病毒？那是什麼？」Nate 疑惑的看著傀儡師。

「你沒有用過電腦嗎？」傀儡師問。

「好像聽過。」Nate 抓了抓頭。

「呵，既然你聽不懂，那我換個方式說好了。」傀儡師笑了笑。

「嗯。」Nate 點頭。

「簡單的來說，一個人的行為都是由你的腦所控制。」傀儡師輕輕點了 Nate 的頭，說：「而催眠就是我直接對你的大腦下指令，就像剛才只能聽我命令行事一樣，但不是所有的催眠都是這麼回事。換句話說，催眠可以讓別人看見我想要讓他看見的、想讓他聽見的，也可以讓他睡著；一般來說，催眠就是一種控制行為，而能成功且隨心所欲控制別人的催眠師，將無所不能。」

「哇！好厲害啊！那像你這樣的人，不管是誰你都可以控制嗎？」Nate 好奇的問。

「基本上來說是的，但是這世界上存在著許多像我這樣的催眠師，他們很難受人控制；而且不只催眠師，也有像你這樣沒有學過催眠，但意志力強悍到極難以被控制的人存在著，你們這種人也是成為優秀催眠師的素材。」傀儡師笑著摸了摸Nate的頭。

「所以我要跟你學的是怎樣的催眠啊？」Nate問。

「你所要學的，是由Ruse所想出來的絕技，『入影隱身』。」傀儡師說。

「入影隱身？」Nate不明白的歪著頭。

「沒錯，就是讓人以為你可以和影子融合的夢幻絕技，也是最適合黑暗之狼的招數。」

「好厲害，和影子融合……」Nate怔怔的看著傀儡師說。

「對我來說，這招式運用起來很簡單，但是Ruse要我學會之後傳授給你，而我自己卻不能用，他對你可真好啊。」傀儡師酸了Nate一句，同時心裡也在打量著眼前這個少年到底有什麼能耐，可以讓Ruse如此對他偏心。

接下來的幾天，傀儡師正式開始訓練Nate，因為入影隱身這一招屬於高段催眠技巧，因此 Nate 必須從催眠的基礎開始練起。

從一開始基本的說話術、肢體動作，到使用燈光、環境，以及道具對於人的意志進入催眠的影響來練習催眠的技巧，傀儡師毫無保留的全數傳授給 Nate，而他進步也快得讓傀儡師感到驚訝。

幾個月過去了，一天，正當 Nate 盤腿在房間地上進行冥想訓練的時候，Ruse 和傀儡師走了進來。

「Nate。」Ruse 叫了 Nate 一聲，他緩緩的張開眼睛，望向 Ruse。

「Ruse，你是來看我的嗎？」Nate 站了起來。

「是啊！來看看你的訓練成果，練得怎麼樣了？」Ruse 問。

「目前為止學過的都已經能掌握完美了，我已經準備好接下來的進一步訓練。」Nate 說。

「嗯，很好，接下來你所要學的是瞳術，也就是直接用眼神對他人下催眠暗示，讓人不知不覺中就被催眠。」

「就像我剛來的時候，傀儡師大人對我做的那種嗎？」Nate 問。

「沒錯。」Ruse 走到 Nate 身旁的椅子上坐了下來，說：「學會瞳術，才能讓入影隱身發揮最大效果。」

「我了解了。」Nate轉向傀儡師說：「我要學會瞳術，然後發揮入影隱身這個絕技的最大效果。」

「嗯，我期待著。」Ruse微笑著。

一年後，英國倫敦，自然歷史博物館。

化身為怪盜Shadow的Nate站在博物館的屋頂，感受著深夜裡，那詭譎恐怖的黑暗氣氛。

戴上黑色面具，Shadow從屋頂上一躍而下，輕輕的落在博物館的大門外，無聲無息。

「Hey！Who are you？」Shadow走近了大門口，警衛緊張的大喊。

Shadow一語不發，只是看著他微笑，接著那警衛看見他一生中最不可思議的景象，眼前穿著斗篷的面具男子，竟然就這樣慢慢的和周圍的影子融合在一起，消失在他眼前。

「What？」警衛大吃一驚，連忙揉了又揉自己的眼睛。

正當警衛還在疑惑自己是不是因為太累而產生幻覺的時候，Shadow突然從他的影子裡出現，嚇得他全身僵硬，動都沒辦法動。

「I"m Shadow ,your nightmare .」Shadow 冷哼一聲，警衛的脖子上隨即多了一條血痕，鮮血激濺而出。

警衛張大了嘴巴卻說不出話來，只能緊緊的抓緊脖子上的傷口，用著逐漸消失的力氣抓住 Shadow 的腳不放。

「哼。」Shadow 把他一腳踢開，放任他因劇痛和失血過多而躺在地上不停抽搐，逕自走進了博物館裡。

已經超過閉館時間許久的自然歷史博物館裡一片漆黑，但 Shadow 一點也不在意的在黑暗中前進著，彷彿這黑暗已經與他合為一體。

過了一會兒，Shadow 走到特別展覽室裡，這裡有著前陣子才剛放在這裡展覽的，全世界最大的鑽石，千禧之星。

不同於外面漆黑的景象，展覽室裡因為收藏物的不同和貴重與否，會使用燈光來調節溫度，及讓展覽物明顯的在監視攝影機的拍攝下可以知道它的異動。

「這根本就是請我來偷一樣。」Shadow 看著眼前用防彈玻璃做成的展示箱裡，那因為燈光而顯得光彩奪目的千禧之星。

「看來外面所傳的兩百零三克拉真的不假。」Shadow 伸手放在展示箱上，這時展示箱旁的感溫器因感受到異常溫度而啟動，頓時警鈴大作，整個博物館的警示燈也一起亮了起來，整棟博物館陷入紅色閃光及震耳欲聾的警鈴聲中。

「會有警察來嗎？」Shadow 從斗篷裡拿出一支小針，用力的往防彈玻璃上射了過去，而針也緊緊的嵌在玻璃上。

「三、二、一。」當 Shadow 數到零時，那支嵌在玻璃上的針突然炸開，把展示箱炸成了碎片，千禧之星也被炸到半空中。

「火藥好像多用了一點。」Shadow 說，伸手把落下來的千禧之星給接住。

從原路慢慢踱步離開博物館的 Shadow，邊走著邊隨手將千禧之星在手上拋接，直到他看見倫敦警力大陣仗的在博物館外一字排開，他才停下了腳步及拋接鑽石的動作。

「Keep your feet and raise your hand ,right now !」一名警察大聲的對 Shadow 喊著。

「呵呵……」Shadow 舉起了手，卻在眾人的視線裡，慢慢的融入自己的影子中。

所有警察看傻了眼，完全不相信自己剛才所看見的，而這次 Shadow 消失之後，再也沒有出現在任何一個人的影子中，只留下博物館外已經冰冷的警衛屍體，在黑暗中任夜風吹拂。

「主子，為什麼要讓那小子用這個絕技幹那種偷雞摸狗的事，不是已經準備讓他加入異界了嗎？」在距離倫敦警方不遠處的馬路旁，傀儡師不明就裡的問著 Ruse。

「他是要加入異界沒錯，但是他必須同步進行殺手和怪盜 Shadow 的工作一段時間。」Ruse 說。

「您不是要訓練他為殺手嗎？怎麼卻像是特務一樣？」傀儡師問。

「沒錯，他正是我的特務，就像你一樣。」Ruse 微笑，轉身離開。「總之看著就對了，不需要問太多。」

「是。」傀儡師點了頭，隨著 Ruse 一起離開。

4

「哦？他就是你所推薦的人？」異王坐在異界總部的辦公室裡，看著眼前單膝跪地的傀儡師和一旁戴著魔術師高帽子的 Nate。

「是的，異王大人，他所擁有的能力，絕對有能勝任異界殺手的資格。」傀儡師說。

「什麼樣的能力？」異王問。

「是『入影隱身』……」一旁的 Nate 抬頭看了異王一眼，隨即在異王眼前慢慢融入自己的影子中消失不見。

「真有意思，可是傀儡師，你知道加入異界不是在我面前耍耍猴戲這麼簡單的，他必須通過考驗。」異王露出難得的笑容，閉上了眼睛，再次張開的時候，Nate 已經回到原處且像剛才一樣單膝跪地著。

應該是說，Nate 從頭到尾都沒有移動過，是異王自己解開了 Nate 所下的催眠暗示。

「是，屬下明白，屬下馬上帶他到鬥異場。」傀儡師說。

「嗯，去吧！」異王揮揮手，兩人一起離開了異王的辦公室。

鬥異場，是異界裡的另一個競技場，和外面大殿上的競技場不同，這個競技場有一個特別的任務，分別是審核異界殺手的資格，也是處決背叛組織殺手的處決場。

傀儡師帶著 Nate 來到異界大殿旁的一道大門，越過一層又一層的關卡盤問之後，兩人終於來到門內最深處的異界神聖大殿。

鬥異場裡瀰漫著詭譎恐怖的氣氛，就算是異界裡資深的殺手們，光是踏進這個空間，就會感到莫名的不安和恐懼，更何況是第一次踏進鬥異場的 Nate。

「別怕，如果害怕，你等一會兒就會死。」傀儡師拍上 Nate 的肩膀說。

「嗯。」Nate 閉上眼睛，深深的吸了一口氣。

兩人繼續往前走，鬥異場裡除了幾個站在牆邊的守衛之外，沒有其他人留在這個空間裡，由火把所照耀著的地底空間，只有幽暗不明的視線。

「是誰？」一個聲音從黑暗的前方傳出，在鬥異場裡迴盪著。

「我是傀儡師，我帶了一個雛刃進來接受考驗。」傀儡師對著前方喊著。

「什麼是雛刃？」Nate 小聲的問。

「雛刃就是尚未接受考驗的異界殺手，這是異界的術語。」傀儡師說。

「原來如此。」Nate 點點頭，雙眼直視前方，看著一個人慢慢從黑暗中走了出來。

「哼，看起來像是個變魔術的。」一個留著銀色頭髮，全身有著看起來結實並不誇張的肌肉、霸氣十足的男子，不屑的看著眼前的 Nate。

「別這麼說，宙斯，你何不自己試試他呢？」傀儡師說。

「這種小角色，我不想自己動手。」宙斯轉了過去。

「唉唷！好像來了一個有意思的新人呢！」宙斯兩旁走出一男一女，穿著白色連身長裙的長捲髮女子，嬌媚的看著 Nate；另一旁皮膚黝黑，且渾身充滿發達肌肉的黑髮男子，雙手交叉放在胸前，嘴角上揚的看著 Nate。

「站在中間的叫做宙斯，另外那個男的叫做黑帝斯，而那個女的是梅杜莎，他們三個人是這個鬥異場的領導者，也是異界裡排名前三的最強殺手。」傀儡師小聲的說。

「最強？不會是要我跟他們三個打吧？」Nate 大驚。

「怎麼可能，他們三個是絕對不會跟太弱的人交手的，尤其是像你這樣的雛刃。」

「那就好。」Nate 稍微放心了一點。

「不知道他們會派誰來考驗你，希望不是太難纏的傢伙，不然你可就慘了。」傀儡師搖搖頭。

「慘？怎樣慘？」Nate 問。

「就是死。」傀儡師看著 Nate。

「還沒加入就先會被殺掉，異界還真是個恐怖的地方。」

「放心吧！我不會讓你有事的，畢竟我臨走前 Ruse 還特別交代過我，說絕對不能讓你死。」

「是嗎？不過我希望你別出手幫我。」Nate 說。

「為什麼？」

「如果我連這關都過不了，那我就愧對 Ruse 和你，我死也死得其所。況且我相信，Ruse 也不想要一個處處需要別人出手幫忙的沒用手下吧？」

「的確是。」傀儡師笑了一下。

Nate 對傀儡師點了點頭，便一步步的朝著擂台上走去，這時候宙斯三人轉了過來，看著 Nate。

「雛刃，準備好接受考驗了嗎？」黑帝斯問。

「我準備好了。」Nate 摸了摸高帽的帽緣，雙眼直視著前方。

「很好，上！」宙斯大手一揮，場邊跳出一道黑影，直上擂台，一個穿著黑色斗篷，拿著一把等身大鐮刀且面容消瘦的蒼白男子，對 Nate 擺出戰鬥姿勢。

「我叫做死神。」死神說。

「我叫做影……」Nate正要說出口，卻被死神突然的揮動鐮刀攻擊給阻止了下來，只見Nate向後退了一大步，千鈞一髮的躲開了死神的攻擊。

「雛刃不需要名字。」死神說。

「原來如此，呵呵呵……」Nate笑著，盲盯著死神的眼睛看。

接連而來的又是幾記鐮刀攻擊，Nate用著他矯健的伸手連續躲開了死神的攻擊，直到他被死神逼到場邊。

「每個異界的殺手都有他的特殊技能，難道你的技能只是躲？」死神輕蔑的看著Nate說。

「那你呢？揮動鐮刀砍人也算是特殊能力？」Nate回敬死神一句。

「呵，看來你是很想在加入異界之前，先去見真正的死神囉！」死神單手把鐮刀舉了起來，在半空中劃了一道圓弧。

Nate仔細看著死神的動作，腦海中思考著如何躲開死神接下來的攻擊，以及他的特殊能力到底是什麼。

「看好了，這就是我的特殊技能！」死神將手握在鐮刀的最下緣，用力的甩動鐮刀，這時鐮刀劃過的軌跡竟然出現了一個白色的半圓，直接朝Nate飛了過來。

「就是我的氣斬。」死神說。

白色的氣斬朝 Nate 直撲而來，而他只是深深的吸了一口氣，接著在死神的眼前，瞬間消失進影子裡。

「什麼？」宙斯三人在看到這奇異的景象之後，驚訝的往前走了幾步，睜大眼睛看著場上呈現發愣狀態的死神。

而死神簡直不敢相信自己所看見的，只見他四處環顧 Nate 的身影，然後抓住了手中的鐮刀，在場內揮出了好幾道氣斬。

「你的攻擊，對影子沒有用。」Nate 突然出現在死神身後，著實讓他嚇了一大跳。死神退後了幾步，再揮出一次氣斬，這次的氣斬紮紮實實的從 Nate 腰間穿了過去，只是 Nate 依舊像沒事一樣的繼續向前走去，然後伸手抓住了死神的脖子。

「不可能……你是怎麼辦到的？」死神驚恐的瞪大了眼睛，看著眼前露出詭異笑容的 Nate。

被死神這麼一問，Nate 只是抬起了頭，對著鬥異場的天花板大笑。

「咿哈哈哈哈！咿哈哈哈哈哈！」甩開了死神的脖子，Nate 向後一跳，落在擂台的最邊緣，說：「我贏了。」

正當 Nate 宣佈自己的勝利宣言之時，傀儡師後方傳來了掌聲，異王和厄爾尼諾從門外慢慢走了進來。

「參見異王大人，厄爾尼諾大副尊大人。」除了Nate之外的所有人紛紛單膝跪地，低頭歡迎。

「剛才的戰鬥我都看得很清楚，這個雛刃，合格了。」異王說。

「謝謝異王大人。」Nate鞠躬。

「你叫做什麼名字？」異王問著Nate。

「異王大人，我叫做影鬼。」Nate露出陰邪的微笑。

「好，影鬼你從今而後就跟著傀儡師，有什麼任務會由他來告訴你，你們先下去吧。」

「是！」Nate和傀儡師同時回答。

「好了，跟你說過的你都記住了嗎？」一走出鬥異場，傀儡師叫住Nate並對他說。

「當然不會忘記，咯咯咯……」Nate嘴角上揚，笑得很詭異。

「那樣很好，別忘記了，你現在雖然加入異界，但你還是Ruse的手下，基本上你還是要聽他的話行事，知道嗎？」傀儡師問。

「知道。」

「嗯，你現在可以脫下你的易容面具，回到 Ruse 那邊去了，他現在人在北京等你。」傀儡師說。

「是。」Nate 說，轉身離開了異界大殿。

【序曲二，影鬼崛起】

1

中華人民共和國，首都北京市，首都國際機場。

Nate 揹著行李才走出機場，就已經看見 Ruse 站在機場外等著他，他馬上走向了 Ruse。

「怎麼會是您來接我呢？」Nate 問。

「因為只有我來北京，當然是我來接你。」Ruse 說。

「真是勞煩您了。」Nate 不好意思的點了頭。

「不會，上車吧！我先帶你回我在這裡的房子。」Ruse 領著 Nate 走向機場旁的停車場。

在車子上看著北京市的風景，充滿現代化和濃濃中國風味的建築分別坐落在城市裡，讓從來沒有接觸過中國文化的 Nate 感到新奇。

「你看起來很高興。」Ruse 邊開著車子邊對 Nate 說。

「嗯，只有在歐洲的博物館裡看過有關於中國的東西，從來沒有想過有一天我可以來到中國這個國家。」Nate 轉向 Ruse，說：「那座叫做萬里長城的建築，一樣在北京裡嗎？」

「是啊。」Ruse 說。

「我們會去看看嗎？」Nate 問。

「我們平常沒時間去看，但 Shadow 出任務的時候可以順道過去看看。」Ruse 對 Nate 笑了一笑。

「呵，我想 Shadow 會很高興的。」Nate 打趣的說。

「這樣最好。」Ruse 笑著。

車子開進北京市郊區的一棟莊園裡，兩人下了車之後，由 Ruse 帶著 Nate 進入屋子。

「怎麼樣？同時擔任影鬼和 Shadow 這兩個身分，會不會很吃重？」進到大廳之後，Ruse 從一旁的酒櫃裡拿出一瓶紅酒和兩個高腳杯。

「其實性質都差不多，除了Shadow還要分神偷寶石之外，其他都沒有太大差別。」Nate說。

「那就好。」Ruse把酒瓶瓶蓋打開，將酒倒進杯子裡，遞給Nate，說：「你做了Shadow這一年多來，還沒有被抓過，我相信我叫傀儡師傳授給你的入影隱身一定練得很不錯。」

「我一直都不敢忘記您給我這個重生的機會，所以您交代的事情我一定會不遺餘力的去做。」Nate接過酒杯，一口飲盡杯子裡的酒。

「很好。」Ruse笑著，喝了一口紅酒。

夜晚，充斥著黑暗的天空，剛完成一次任務的Nate特別趕到這裡，就是要看看這他早就想見識的偉大遺蹟，萬里長城了。

手上握著剛從附近富商家裡偷來的藍寶石，他想在回到Ruse那裡之前，好好享受這難得的自由時光。

黑暗，帶給人不同的面貌和感覺，此時的Nate感受到的，是前所未有的寧靜，他不由自主的閉上眼睛，靜靜享受著這黑夜帶來的安神氣氛。

出門前Ruse特別交代過他，到外面去絕對要戴著易容面具，不能讓任何人看見自己的真實面貌，Nate 摸了摸自己臉上這毫無真實感的假皮，苦笑。

站在萬里長城的邊上，他聽著周圍的觀光客和攤販們，都說著他聽不懂的中文，他笑了一笑，轉身準備離開，卻忘記他自己是從哪邊上來的，他只好像無頭蒼蠅一樣的四處亂走。

「嘿！」一個中國女孩叫住了 Nate，他轉了過去，女孩用中文對他說：「你是觀光客嗎？」

「嗯？」Nate 疑惑的看著她。

「聽不懂？」女孩依舊用中文對他說。

Nate 搖搖頭。

「English? American? Russian? French? Spanish? Portuguese……」女孩不斷猜測著 Nate 是歐洲哪個國家的人。

見到女孩這麼熱心，Nate 只是笑了一下，說：「French ,but I can speak English .」

「Ok ,are you lose ?」女孩問。

「Yes .」Nate 說。

熱心的中國女孩帶著 Nate 離開長城旁的攤販區，來到市區裡，在送他上計程車時，還告訴他自己的名字。

「我叫做鄭湘雪。」湘雪說。

「鄭……湘……雪。」Nate 用著不標準的中文重複了一次。

「Yes !」湘雪對他瞇著眼笑了笑，揮揮手送他離開。

坐在計程車上的 Nate 微微笑著，心中湧起一股溫暖的感覺，這種感覺很熟悉，是他曾經感受過的。

閉上了眼睛，Nate 靜靜回想，突然腦海中出現了兩年多以前，和 Crystal 在法國的點滴，猶如走馬燈的回憶一幕一幕的閃過，最後突然閃現出鄭湘雪的容貌，還有那雙水汪汪的大眼睛。

「嗯？」Nate 睜開了眼睛，仔細回想剛才與鄭湘雪四日交會的感覺，然後他的心裡浮現出一個他覺得最不可思議，也是最有可能的答案。

「難道說？」Nate 慌張的轉身向後，望著漸漸遠離自己的長城。

Nate 心想，剛才那個叫做鄭湘雪的中國女孩一定是 Crystal 沒錯，只是為什麼她會變成中國人的樣子出現在這裡，他想不透，但他決定要弄個明白。

急急忙忙回到 Ruse 的莊園的 Nate，走向他位在二樓的房間。

「怎麼了？怎麼這樣的慌張？」Ruse 坐在陽台上看著天空，對著開門進來的 Nate 說。

「屬、屬下有一事請求。」Nate 低頭說。

「你說吧！」Ruse 轉了過來。

「屬下想找一個人。」

「哦？什麼樣的人？」Ruse 走進房間裡，拿起放在桌上的紅酒，倒了一杯給自己。

「一個女人，她叫做鄭湘雪。」Nate 望向 Ruse。

「中國女人……才來兩天就認識了讓你難忘的女人？」Ruse 輕輕的笑出聲音，看著 Nate 說：「有什麼隱情嗎？」

「不瞞您說，她給屬下的感覺就像我在巴黎時一起生活的女孩一樣，尤其是那雙眼睛，所以屬下無論如何都想找到她，問個明白。」

「那個跟你一起當扒手的女孩，無論怎麼想，都不會是個中國人不是嗎？」Ruse 問。

「沒錯，就是因為這樣，屬下更想找到她把事情給弄清楚。」

看見 Nate 如此堅定的眼神，Ruse 搖搖頭笑了笑，接著走到他面前對他說：「先起來吧。」

「那屬下要求主人的事……」Nate 問。

「我會想辦法的，你說她叫做鄭湘雪是吧？」

「沒錯。」

「嗯，我明白了，我會在三天內找出她的下落，在這段期間裡，你就好好執行我交代給你的任務，不得有誤，知道嗎？」Ruse 喝了一口酒，看著 Nate。

「是。」Nate 點頭，向後慢慢退離 Ruse 的房間。

看著 Nate 離開後的 Ruse 喝了一口紅酒，搖了搖頭，緩緩的走到落地窗邊，看著窗外的天空，臉色突然沉了下來。

「這個混帳女人……希望這個小插曲，千萬不要把事情搞到難以收拾的地步。」

Ruse 又舉起杯子，喝了一口紅酒。

2

接下來幾天，Nate 完美扮演著怪盜 Shadow 的角色，讓北京政府對他頭痛不已。只是他的心裡不知道為什麼，一直想著那天在長城上看到的鄭湘雪，那雙澄澈的眼睛，和 Crystal 簡直是一模一樣。

「妳到底是誰？妳是不是她？」Nate 伸出了右手，向前抓住眼前那虛無的夜空，這時他身後衝出一群警察，將他團團包圍了起來。

「快點束手就擒！」其中一名負責領導的小隊長說。

已經化身為怪盜 Shadow 的 Nate，用深藏在黑色面具裡的雙眼直盯他們看，接著便在他們面前，慢慢的消失在黑夜重重的暗影之中。

「可惡！跑到哪去了？這個妖怪！」警察們紛紛舉起手槍，在附近搜尋 Nate 的身影，這時他突然從一名武警身後出現。

「foolish……」Nate 說，伸出手，一道閃光，那名警察的脖子被渲染成一片血紅。

「呃啊！」淒厲的慘叫接連而來，等到那名帶頭的小隊長意識過來的時候，還站立著的就只剩下他和 Nate 了。

「你這個殺人魔！」他舉起了手槍，瘋狂的對 Nate 開槍，但在他眼前的 Nate 被子彈打中卻像沒事一樣，且朝他步步逼近。

Nate 冷笑了一聲，揮動他的黑色斗篷，繼續往前逼近。

「該死……」那名武警把子彈射完之後，索性把手槍丟向 Nate，只是連丟出去的手槍都像穿過空氣那樣打穿他的身體飛向他的身後，這時那名警察已經嚇得失去站立起來的力氣，跌坐在地上。

「別、別殺我！」他歇斯底里的大叫。

「I'm sorry .」Nate 搖搖頭，手起刀落。

隔天，怪盜 Shadow 在偷了博物館的寶石之後，一連殺了十幾名警察的消息在大街小巷傳開，中國政府也在電視上用媒體承諾全國十幾億民眾，絕對會在短時間內緝拿到該名國際重犯。

「真是不自量力。」Ruse 哼了一聲，關上電視。

「主人說的是，看來怪盜 Shadow 的名號已經在中國傳開了，這下一定要鬧得他們雞飛狗跳。」Nate 對 Ruse 說。

「說得好，這就是這次我讓 Shadow 來到中國的目的。」Ruse 拿起放在桌上的高腳杯，看著杯中的血紅色的酒說：「你說的人我已經找到了，她的資料我都放在樓下大廳的桌上了，你等等可以下去拿。」

「多謝主人。」Nate難掩開心的露出微笑，對Ruse鞠了個躬。

「不謝。」Ruse背對著Nate，臉色依舊沉重。

「背景看起來這麼普通，怎麼會是Crystal呢？難道是我看錯了？」待在房間裡反覆看著鄭湘雪資料的Nate，看不出一點和Crystal有關的可能。

呈現放棄狀態的Nate，隨手把資料和照片丟在床上便躺了下去，接著他轉身就倒在床上，把自己埋在紙堆裡。

「Crystal，妳在哪裡……」Nate在床上隨意的翻身，然後把床上的資料和照片捧了起來再放下，而且不斷重複著這個無意義的動作不知道過了多久，直到他深深的睡去。

他做了個夢，夢裡依舊是那天夜晚的長城，只是這次周圍的攤販都完全消失，只有他一個人待在長城上，漫無目的地走著。

「Are you lose？」一隻手拍上了Nate的肩膀，他轉了過去，鄭湘雪笑咪咪的看著他。

「……」Nate一時愣得說不出話來，而湘雪只是笑了笑，便牽住他的手。

「I take you leave here.」湘雪笑著說，拉著 Nate 的手往前走。

就這樣，Nate 讓湘雪拉著，走了一段距離，突然湘雪停了下來，並不停的笑著。

Nate 不了解湘雪笑的原因，正想開口問她的時候，她轉了過來，用法文對他說：

「Nate 你真笨，這樣還認不出我來。」

「什麼？」Nate 被他說出來的這句話給嚇住，怔怔的看著她。

「我是 Crystal 呀！」湘雪伸手把他的眼睛給遮住，並在再次離開的時候，完全變成 Crystal 的樣子。

Nate 瞪大了眼睛不敢相信，這時在他眼前的 Crystal 慢慢的被光芒所包圍，消失在他眼前，而他也就這樣醒了過來。

「Crystal！」Nate 大喊，慌忙的抓起一張鄭湘雪的照片起來看，的確沒有那天晚上在長城看到的，那雙與 Crystal 如此相似的眼神。

Nate 心裡浮現出極不可思議的想法，他將散落在床上的資料收集起來，重新看了一遍，直到他看見鄭湘雪現在正就讀的大學，是位在美國洛杉磯的內華達大學之後，再看了一眼月曆上的日期，發現現在根本不是什麼假期之後，他恍然大悟。

「果然是妳，Crystal……」Nate 說。

從發現鄭湘雪就是Crystal開始，Nate便暗中調查鄭湘雪的一舉一動，得知她除了每天白天沒事就在北京市裡閒晃之外，晚上一定會回到北京市郊區的一棟別墅裡，於是Nate決定潛入那棟別墅。

「跟資料中記載的戶籍地址不同，這裡一定有問題。」站在別墅外面的Nate說。

從別墅外面看進去，沒有什麼差異點，除了別墅內佈滿了不尋常且可怕的殺氣之外，此外跟附近的別墅沒有太大的不同。

「果然還是要進去才行。」Nate說，抓住圍牆翻了進去。

Nate亦步亦趨的在別墅本屋外的草地上走著，層層的殺氣不斷蔓延在四周圍，這種殺氣的感覺跟他在傀儡師和Ruse身上，還有在異界裡感受到的簡直是一模一樣。

走近了本屋，Nate從窗戶外往裡面看，只看見一個男子坐在大廳的沙發上對著前方說話，他往男子說話的方向看去，那邊站的竟然就是Crystal。

「我猜想的果然沒錯。」Nate暗忖。

「是誰？」男子突然發現了窗外的Nate，大聲喝斥之後便衝向窗戶。

「不好。」Nate轉身逃開，男子把窗戶打開追了出去。

「別跑！」男子步伐加快，就在Nate準備要翻過牆壁出去的時候，他一把就把Nate給抓了下來。

「放開我！」Nate甩開男子的手。

「你是誰？」男子問。

「不用你管！」Nate說，雙眼直盯著男子的雙眼，接著在他的眼中，慢慢的消失在影子裡。

「什麼？」男子不敢相信自己所看見的，他朝Nate消失的方向撲了過去，卻在地上撲了個空。

「不是障眼法嗎？」男子站了起來，搓著自己的下巴。

就在男子還在疑惑剛才發生的究竟是怎麼回事的時候，Nate已經偷偷的翻過牆壁，離開了別墅。

走在回程的路上，Nate決定要徹底查清楚Crystal來中國的目的，以及剛才那男子的身分。

3

「主人，Nate似乎已經發現殺手千相的徒弟，就是他的舊識這件事了。」傀儡師對Ruse說。

「我知道。」Ruse閉著眼睛思考了一會兒，然後對傀儡師說：「時機也差不多成熟了，你現在立刻回到異界，對異王提出狙殺怪盜Shadow的建議，接下來的事情我會負責安排。」

「屬下知道了。」傀儡師說。

「記住，絕對不容許失敗。」Ruse轉了過來，看著傀儡師。「還有，速度絕對要快，要在那個小妮子徹底影響Nate之前，讓他重新接受我們的控制。」

「是，屬下絕對會加緊腳步。」

「嗯，那樣很好。」Ruse點了點頭，說：「對了，之前我說過的計畫，你已經準備好了嗎？」

「大致上都聯繫完畢了，只等主人一聲令下，計畫馬上可以行動。」

「很好，你現在馬上回去異界，然後幫我聯絡蠱師過來。」Ruse說。

「蠱師？主人是想要……」傀儡師不明白的問。

「你不必知道這麼多，總之照我的話去做，現在馬上退下！」Ruse瞪大了眼睛，恐怖的殺氣瞬間迸發，讓傀儡師背脊發寒。

「是。」傀儡師吞了口口水，連忙離開。

「無論如何，一定要讓計畫完全成功，我才能夠支配異界。」Ruse緊握著雙拳，手中的高腳杯瞬間破碎。

「是嗎？真有如此的人？」一個禮拜後，異王在異界接見傀儡師，而異王在聽過傀儡師說明怪盜Shadow的來歷之後，陷入深深的沉思之中。

「是的，不知道為何，這個Shadow竟有跟屬下上次帶進異界的新殺手影鬼相同的能力，而且屬下試著跟他溝通過，他完全不願意加入異界。」傀儡師對異王說。

「是這樣子的啊……」異王說。

「為了維持組織殺手的獨特性及未來任務的考量，請批准屬下派遣殺手狙殺怪盜Shadow。」傀儡師恭敬的低頭請求。

「嗯……」異王站起來，想了一會兒，轉身對傀儡師說：「既然他和影鬼有相同的能力，就派影鬼前去消滅他，如果不肯……」

「異王大人言下之意是？」傀儡師問。

「哼，別跟我說你沒有察覺到，影鬼一加入組織之後就不見人影，取而代之的卻是 Shadow 在中國的大活躍，你覺得我在想什麼？」異王瞪著傀儡師。

「異王大人懷疑，影鬼和 Shadow 是同一個人？」

「廢話！」異王氣憤的怒斥，一掌拍在桌子上，發出一聲巨響。

「屬下明白了，屬下立刻派遣影鬼前往消滅 Shadow，而且屬下會親眼證實影鬼和 Shadow 是否同一個人。」傀儡師點頭說。

「如果是同一個人，馬上抓回來見我。」異王說。

「是。」傀儡師低頭不敢直視異王，接著他轉身離開了異王的辦公室。

「哼，一個才剛脫離雛刃身分的小鬼，竟敢不遵守異界的規矩，如果這件事真如我所猜想，我一定要好好的問個清楚。」異王又拍了一掌在桌上。

從異界離開之後的傀儡師，因為必須馬上向 Ruse 報告異王的決定，還需帶著蠱師到他的身邊，於是立刻與蠱師搭機前往北京。

「哦？異王的反應真有趣，如我所料啊！哈哈哈！」聽過傀儡師講述之後，Ruse 開心的大笑起來。

「為什麼主人如此的開心？難道是有什麼計畫嗎？」傀儡師問。

「當然，現在異王所想的、所做的，都在我的預料範圍之內，叫我如何能不高興，如何能不笑呢？」說完 Ruse 又笑了起來，舉起了手中的酒杯說：「異王要你監視影鬼殺掉 Shadow 的過程，那我們就讓 Shadow 從此消失，一旦異王那蠢蛋得知影鬼已經親手殺掉 Shadow 的話，那影鬼在他心中的信任感不就更強烈了嗎？」

傀儡師聽到 Ruse 這麼說，偏頭想了一下便恍然大悟。

「主人真是聰明，但不知主人為了讓影鬼在異王心中提高信任度，是不是為了什麼目的呢？」傀儡師問。

這時 Ruse 的笑聲和笑容突然消失，而他那一雙充滿陰謀且黑暗的眼睛直盯著傀儡師看。

「我說過很多次，你不需要知道這麼多，只要把你的事情做好就可以了。」Ruse 說。

「是，屬下知道了。」傀儡師說。

「對了，蠱師呢？你把他帶來了嗎？」Ruse 問。

「已經帶來了，他現在人在樓下。」傀儡師說。

「嗯，把他帶上來見我。」Ruse 喝了一口紅酒。

「是，屬下立刻就去。」

「主人。」穿著一襲白色長袍，手中抱著一個小甕的蠱師，由傀儡師帶領著，來到Ruse的跟前，並對他恭敬的敬了個禮。

Ruse轉了過來，看著蠱師說：「你可終於來了。」

「小人無時無刻不在惦記著主人交代給小人的任務，現在已經完成了主人交代的任務，聽到您的呼喚之後，就立刻跟傀儡師一起來見主人您了。」蠱師說完之後，把抱著的小甕拿到Ruse放著紅酒的桌上，打開蓋子後，裡面滿滿的全是一條條黑色的小蟲。

「主人，這是？」一旁的傀儡師大驚。

「這是令蠱，是本蠱師五年的心血結晶，任何人只要服下了牠，就會完全服從命令，絕對不會有二心。」蠱師說。

「那這個令蠱是要給誰的？」傀儡師問。

「當然是影鬼。」Ruse說。

「影鬼？」傀儡師不解的問：「他不是很聽話嗎？為什麼還需要用到這種東西？」

「難道你不知道嗎？自從他知道千相那邊的小妮子，是那個叫做Crystal的女人之後，整天心神不寧的，雖然目前還沒有不服從我的可能，但是我不能冒任何風險。」

Ruse說。

「沒錯，只要主人把一滴血餵給令蠱，然後再把這條餵了血的令蠱給那個叫做影鬼的小子服下，他就一定會完全聽從主人的命令。」蠱師看著傀儡師說。

「本來我是不需要這麼著急的，畢竟蠱師還沒有把令蠱實際在人體上實驗過，不知道實際做起來會有什麼效果。但是千相那個笨蛋，竟然什麼都不知道的就讓那個小妮子去殺影鬼，搞得現在事情已經發展到不可收拾的地步了，為了以後的計畫著想，我絕對要讓影鬼服下令蠱。」Ruse看了一眼甕裡的令蠱說。

「那影鬼現在人呢？」傀儡師問。

「我已經把他鎖在隔壁房間裡，現在我們就過去，把令蠱給他服下。」把杯子放在桌上，Ruse轉身走向房間的門口。

「主人，我替你開門。」傀儡師把門打開，等待Ruse和蠱師都離開房間之後，他才慢慢的把門給帶上。

幽暗的房間裡，沒有一絲光芒，Nate被鎖在這暗無天日的房間裡已經超過五天了，自從那天和Crystal在博物館一見之後，一回到這裡馬上被Ruse給關了起來，除了被送飯的時候可以見到走廊上的燈光之外，其餘時間他連房間裡的天花板都看不清楚。

這幾天 Nate 不斷思考著自己被 Ruse 關起來的原因，只是他再怎麼想，也依舊沒有個明確的答案，而他只是不斷的在這黑暗的房間裡沉默、再沉默，直到他幾乎忘記了自己的存在。

「Crystal……」Nate 無力的叫著 Crystal 的名字，這時門把被轉了開來，進來的是 Ruse、蠱師，還有走在最後面把門關起來的傀儡師。

「Nate，感覺怎麼樣？」打開房間的燈之後，Ruse 問著 Nate。

「為什麼……」Nate 無力的問。

「因為你可能會不聽話，所以我才這麼做。」Ruse 走向前，看著 Nate 說：「而為了要讓你從此以後都絕對會聽我的話……」

Ruse 揮了揮手，蠱師便走向前把小甕打開，從甕裡拿出一條令蠱蟲，遞到 Ruse 的手上。

「這是什麼？」Nate 問。

「讓你聽話的東西。」Ruse 陰邪的微笑，拿出小刀在自己手上刺了一下，然後讓滴下來的血流到令蠱的嘴邊。

黑色的令蠱蟲貪婪的吸食著 Ruse 的鮮血，直到牠把血都吸完之後，Ruse 把令蠱舉在 Nate 的嘴前，並對站在他身後的蠱師說：「把他嘴巴張開。」

「是。」蠱師上前，用力的把 Nate 的嘴巴扳開，而 Ruse 就趁這時候把令蠱蟲塞進他的嘴巴裡。

「天啊……」傀儡師的頭別了過去，而站在 Nate 身旁的 Ruse 和蠱師就這樣看著令蠱蟲不斷的向 Nate 的嘴巴深處鑽啊鑽的，直到牠消失在 Nate 的喉嚨裡。

「可以放開他的嘴了。」Ruse 對蠱師說。

「是。」蠱師放開了扳住 Nate 嘴巴的雙手，這時兩人眼前的 Nate 痛苦的全身抽搐，嘴巴也冒出白沫，雙眼上吊。

「不要！啊！」Nate 慘叫，他感覺到自己的肚子裡已經鑽進了一條蟲子，而那條蟲子正在他的肚子裡鑽動，他痛苦的想扯開綁在自己雙手上的鎖鏈，卻只是持續的摩擦，連自己的手腕都已經破皮滲血。

無法忍受這種痛苦，Nate 在吼出最後一聲之後暈了過去。

「應該不會死吧？」Ruse 問。

「請主人等著看，從今天開始，他一定會變成一個只聽從主人命令的傀儡。」蠱師說。

「這樣很好，哈哈哈！」Ruse笑著，而站在門邊的傀儡師像鬆了一口氣似的，倒吸了一口氣。

4

「是真的嗎？」異王帶著疑惑的口氣向傀儡師再確定了一次。

「沒錯，屬下親眼看見影鬼將怪盜Shadow給殺了，絕對沒錯。」傀儡師說，然後看了一眼跪在自己身旁的影鬼。

「為了證明我的清白和顯示我的忠誠，不管是誰我都照殺不誤。」影鬼補了一句。

「很好！很好！哈哈哈！」異王站了起來，走向影鬼且拍了拍他的肩膀。

「咯咯咯……」影鬼小聲的冷笑。

「以上就是主人Ruse的命令，預計三天後的午夜十二點進行叛變行動，勢必奪取異王的性命，讓主人登上異界之王的寶座。」傀儡師對站在他面前的幾位殺手說。

「了解。」所有殺手異口同聲的說。

「嗯，到時候負責當開路先鋒的海格力斯絕對要保住性命，你的存在對於我們闖進異界最深處有很大的影響力，知道嗎？」傀儡師問。

「知道了！知道了！」海格力斯嘴角上揚，握緊了拳頭說：「我早就想把那個裝模作樣的異王打飛了，這一次我一定要親手把他的腦袋給揪下來！」

「那麼影鬼，你所負責的斷後，有沒有問題？」

「沒問題，咯咯咯……」影鬼伸出舌頭舔了舔嘴唇。

「如果沒問題的話，就先這樣子吧！記住，絕對不能有失誤，異界殺手能力有多強我想大家都明白，稍有閃失我們都會沒命，何況我們才只有十五個人，絕對要準備好應付各種狀況。」傀儡師看著其餘的十四人說。

「是。」

眾人離開之後，傀儡師深深的吸了一口氣，這個任務是好幾個月前 Ruse 就派遣他完成的，他花了好一段時間，才好不容易集結出在各種能力方面都有極高表現的殺手們，加入 Ruse 的麾下。

對於這次的行動，傀儡師倍感壓力，畢竟對異王進行叛變可不是一件簡單的差事，弄個不好失敗了，最糟糕的後果不是死，而是被關進異界的異冥牢，承受那比死還痛苦好幾倍的酷刑及囚禁。

一想到這裡，傀儡師壓力開始大了起來，這時候他感覺到有一道視線朝他看了過來，他猛然的轉身，看到影鬼陰邪的對他微笑。

「你怎麼了？」傀儡師問。

「你很緊張嗎？」影鬼笑著問。

「不用你管。」傀儡師轉身離開。

「咯咯咯……這個笨蛋，你已經快要玩完囉！咿哈哈哈哈哈！咿哈哈哈哈哈！」影鬼瘋狂的笑著。

三天後，晚上十一時，異界大殿。

傀儡師帶著十四名殺手出現在大殿上，這時異界裡的殺手們早就已經全部離開，只有大殿後面，通往異王房間的大門後還有通道內部，還有負責守衛的殺手們正在把關著。

「一開始的殺手都不足為懼，但是進到最內部的時候，會有宙斯、黑帝斯和梅杜莎三人守著，就算突破他們，最後還有厄爾尼諾大副尊在異王房間裡，絕對不可大意。」傀儡師對眾人說。

「嗯。」眾人點頭。

大殿裡的大時鐘繼續走著，除了鬥志十足的海格力斯和不知道恐懼為何物的影鬼一派輕鬆的站在旁邊之外，所有人屏息以待，等待午夜的來臨。

時間一分一秒的過去，終於在分針走到十一點五十九分時，所有人開始繃緊神經，等待那最後一秒。

分針終於走到與時針重疊的時刻，所有人在傀儡師的一聲令下，朝大殿後的大門奔去。

「行動！」傀儡師喊。

推開了大門，負責守衛的兩名殺手大吃一驚，卻在還來不及做出反應的時候，下一秒就被海格力斯一拳打在牆壁上，變成牆壁上的裝飾品。

「幹得好！繼續前進！」眾人隨著傀儡師向前衝去。

在海格力斯的開路之下，傀儡師等人勢如破竹的向前邁進，一路上遇到的守衛都不是他們的對手，就這樣，他們來到了通往異王房間的最後一扇門。

「這麼晚了還帶著一堆人殺到這裡，傀儡師，你們到底想幹什麼？」宙斯一步上前，瞬間拉近離帶頭的傀儡師只剩下幾步的距離，這時黑帝斯和梅杜莎也緩緩的走向前，擋在傀儡師等人的前方。

「我們要殺掉異王，就這麼簡單。」傀儡師說。

「那我可不能隨便放你過去。」宙斯嘴角上揚。

「我早就猜到了。」傀儡師向後退了一步，對海格力斯揮了揮手，說：「你上！」

「求之不得！」海格力斯縱身一跳，一拳直接朝著宙斯打了過去，宙斯哼了一聲，輕鬆的向後跳開，海格力斯的拳頭就這樣打在地上，碎掉的瓷磚向四方爆出去。

「宙斯交給你對付，我們繼續攻進異王房間！」傀儡師帶著剩下的人繼續向前跑，而宙斯因為被海格力斯所牽制，一時無法追擊他們。

「別忘了還有我們！」黑帝斯揮動雙手握著的黑色巨斧，一擊就把六個殺手給打退，而梅杜莎也用她韌性十足的頭髮，把傀儡師和剩下的殺手給纏住。

「可惡……看我的！」傀儡師雙眼直視著梅杜莎，一瞬間，梅杜莎便受到了他的控制，把頭髮伸向宙斯和黑帝斯。

「梅杜莎妳在幹什麼？」宙斯被纏住後大喊，但梅杜莎卻沒有要放開他們的意思，這時傀儡師等人抓住機會，衝進異王的房間。

異王房間裡出乎意料的黑暗，傀儡師試著從數個放在牆上的燭台中，放出的那一點點火光，找尋異王的位置。

「傀儡師嗎？」房間深處傳來異王的聲音。

「沒錯，還有我帶來的幾名殺手們。」傀儡師說。

「你們想幹什麼？」異王問。

「我們來殺你的。」傀儡師慢慢走近異王，說：「今天就是你的末日。」

「哈哈哈！是這樣嗎？厄爾尼諾！」異王大喊，這時厄爾尼諾從一旁走了出來，看著他們。

「不自量力。」厄爾尼諾笑了一下，張大了嘴巴：「吼！」

震耳欲聾的巨響從厄爾尼諾的嘴巴裡發了出來，幾個人因為受不了這衝擊而昏死了過去，少數還站著的幾個殺手們也痛苦的連站都站不穩，除了海格力斯之外。

「吵死了！」海格力斯抓起沙發朝厄爾尼諾丟了過去，厄爾尼諾閃避不及，正面吃了這一招，被沙發砸向牆邊。

「只剩下你了！」海格力斯衝向前去，卻在前進幾步之後停了下來，瞬間倒在地上。

「這是怎麼回事？」傀儡師不解。

「因為有我啊！咿哈哈哈哈哈！」影鬼從海格力斯倒下的地方出現，用他陰邪的眼神掃過在場所有人。

「影鬼，你！」傀儡師大吃一驚。

「多虧有影鬼事先告知我，你們要反叛的這件事早就已經被我知道了，今晚我刻意設下最少的守衛人數，就是要讓你們輕鬆的到達這裡。」異王說。

「這是誘餌？影鬼！你到底在想什麼？」傀儡師問。

「想什麼啊……」影鬼邊說著，邊漸漸消失在充滿黑暗的房間裡。

「他消失了！」傀儡師身後的殺手開始慌張起來，這時傀儡師冷靜的笑了一笑，對他們說：「閉上眼睛五秒鐘再張開！他是用眼神對你們下催眠暗示的，只要這麼做就可以破解他的催眠術，你們先到一旁去，影鬼由我來對付！」

「這招入影隱身是我教你的，不可能對付得了我。」傀儡師笑了一下，閉上了眼睛，深深吸了一口氣之後再張開，但影鬼的身影始終沒出現。

「怎麼可能？」傀儡師瞪大了眼睛。

「笨……蛋！你以為入影隱身這麼容易破解嗎？我早就從 Ruse 那邊學到更高一層的入影隱身啦！」影鬼的聲音在傀儡師耳邊響起，下一秒所有人都被影鬼擊倒在地，房間也恢復了燈火通明的狀態。

「為……什麼？」被打倒的傀儡師問著站在他面前的影鬼。

「因為蠟燭的火呀！知道了吧？」影鬼小聲的在傀儡師耳邊說，接著他瘋狂的大笑起來。

「咿哈哈哈哈哈！咿哈哈哈哈哈！」影鬼幾乎撕裂到耳邊的嘴巴大張。

「可惡……」傀儡師暈了過去。

「幹得很好。」異王站了起來，走向影鬼說。

「多謝異王大人！咿哈哈哈哈哈哈！」影鬼笑著。

5

傀儡師的異界反叛行動開始七天前，莫斯科市區。

Ruse找了影鬼到小巷子裡，厄爾尼諾也在一旁，Ruse看了看四周，確定沒有其他人之後，他對影鬼說：「我叫傀儡師進行反叛行動其實是一個幌子，最主要的是讓你動手解決他們，並瓦解他們的反叛勢力，好讓你在異界裡地位大升。」

「傀儡師自以為很了解入影隱身，但我現在要教你一個連傀儡師都不知道的，不用直視對方眼神就可以催眠的方式，你要利用這個方法讓計畫成功，知道嗎？」Ruse問。

「屬下明白。」影鬼說。

「光是反叛行動是沒辦法取代異王的，我和大副尊厄爾尼諾決定用滲透的方式，但我還需要另一個深得異王信任的人，那就是你。」Ruse指著影鬼說。

「我相信這次計畫成功之後，你一定會被異王委以重任，到時候我稱霸殺手界的那天就不遠了。」Ruse的嘴角上揚。

「是，屬下一定完成任務。」影鬼鞠躬，微笑。

傀儡師的異界反叛行動開始後隔天，異界大殿。

異王站在異界眾殺手面前，身旁站了宙斯三人以及厄爾尼諾，還有影鬼，而昨晚進行反叛的傀儡師還有其餘十三人，則被鐵鍊重重鎖住，還用麻醉藥迷昏，吊在異王身後。

「相信大家都知道昨晚發生了什麼事，對吧？」異王問。

「是！」眾人異口同聲的說。

「這些反叛的人罪孽深重，但是我不會殺他們，我決定在異冥牢增設紅色之門，讓他們承受比死還痛苦的折磨！」

影鬼和厄爾尼諾微笑。

「而成功阻止這次反叛行動的大功臣，就是站在大副尊身旁的殺手影鬼。」異王望向影鬼，眾殺手發出驚呼聲。

異王點了點頭，對影鬼說：「影鬼上前！」

「是。」影鬼緩緩走到異王面前跪了下來。

「我決定，將影鬼封為異界的二副尊，除了我和大副尊之外，你們要完全服從二副尊的命令，明白嗎？」異王把影鬼扶了起來，轉向底下的眾人。

「屬下明白！」接著所有人單膝跪地，對影鬼鞠躬，說：「參見影鬼二副尊大人！」

「不用客氣！咿哈哈哈哈哈！」影鬼大笑著。

《Killer Hunter 外傳——影鬼》 完

KILLER HUNTER
殺手獵人
CASE FOUR 殺意

星爵作品 04
殺手獵人 04 殺意

國家圖書館出版品預行編目(CIP)資料
殺手獵人 04 殺意 / 星爵著. -- 初版. --
臺北市：春天出版國際, 2017.06-
冊； 公分. -- (星爵作品；4-)
ISBN 978-986-94950-5-9 (第4冊：平裝)
857.7 106002001

ISBN 978-986-94950-5-9
Printed in Taiwan

作者 星爵
總編輯 莊宜勳
主編 鍾靈
出版者 春天出版國際文化有限公司
地址 台北市信義路四段458號3樓
電話 02-7718-0898
傳真 02-7718-2388
E－mail frank.spring@msa.hinet.net
網址 http://www.bookspring.com.tw
部落格 http://blog.pixnet.net/bookspring
郵政帳號 19705538
戶名 春天出版國際文化有限公司
法律顧問 蕭顯忠律師事務所
出版日期 二〇一七年六月初版
定價 180元

總經銷 楨德圖書事業有限公司
地址 新北市新店區寶興路45巷6弄6號5樓
電話 02-8919-3186
傳真 02-8914-5524
香港總代理 一代匯集
地址 九龍旺角塘尾道64號 龍駒企業大廈10 B&D室
電話 852-2783-8102
傳真 852-2396-0050

KILLER HUNTER

KILLER HUNTER

KILLER HUNTER

KILLER HUNTER